小説

# 孤狼の血 LEVEL2



原作／柚月裕子
映画脚本／池上純哉
ノベライズ／豊田美加

角川文庫
22702

# 小説　孤狼の血　LEVEL2

# 登場人物相関図

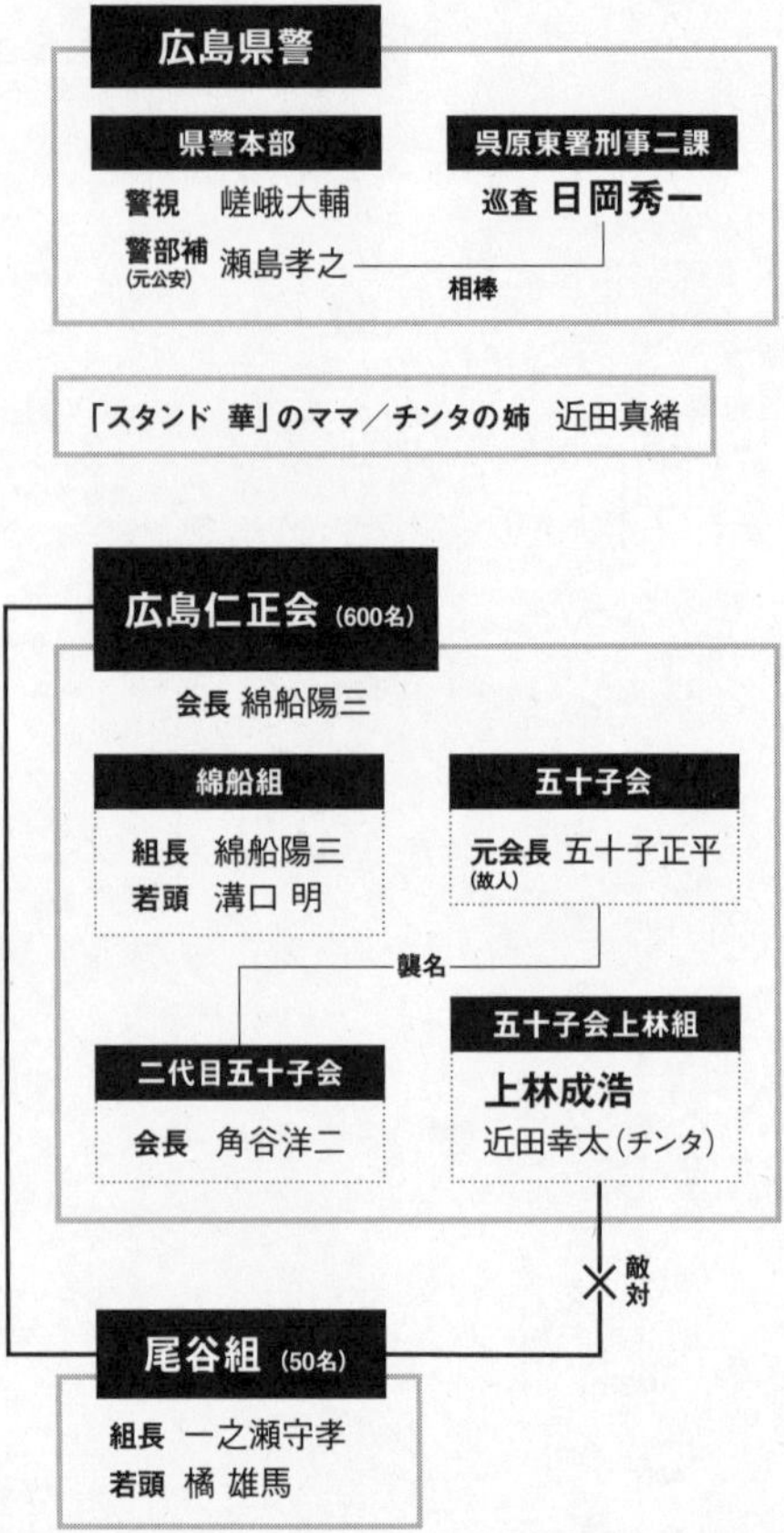

広島県警
県警本部
警視　嵯峨大輔
警部補（元公安）　瀬島孝之
呉原東署刑事二課
巡査　日岡秀一
相棒
「スタンド　華」のママ／チンタの姉　近田真緒
広島仁正会（600名）
会長 綿船陽三
綿船組
組長　綿船陽三
若頭　溝口 明
五十子会
元会長（故人）　五十子正平
襲名
二代目五十子会
会長　角谷洋二
五十子会上林組
上林成浩
近田幸太（チンタ）
手打盃済み
敵対
尾谷組（50名）
組長　一之瀬守孝
若頭　橘 雄馬

# 1

呉原《くれはら》港は、夜のしじまに包まれていた。

小さな漁港に人影はなく、今夜は海猫の鳴き声も聞こえない。内湾の穏やかな波音だけが、時が動いていることを教えていた。

――いや、もうひとつ、動いているものがある。

防波堤に駐車した、一台の黒いワゴン車の中にいる男たちだ。

運転手を含め前部座席にふたりと、後部座席にふたり。後部座席の男たちは、夜だというのに濃いサングラスをかけている。

派手な柄シャツといい、首にかけたゴールドのチェーンネックレスといい、凶々《まがまが》しい人相といい――男たちの生業《なりわい》は、推して知るべしというところだ。

柄シャツを着た助手席の男が、運転席との間にあるコンソールボックスの上にしわくちゃの紙包みを広げた。

「おい、ちゃんと当てえや」

四人のリーダーらしい、口ひげを生やした後部座席の男が命じる。

「はい！」

左耳にシルバーのピアスをした運転手の若者が懐中電灯を当てると、包みの中が金色に輝いた。

大人の小指の先ほどの円柱形の物体――銃弾が、ざっと見たところ四、五十発はあるだろうか。

「おい、弾、詰めぇ」

口ひげが指示する。

懐中電灯を当てている若者以外の三人の男たちは、レンコン型の弾倉にせっせと弾を込めはじめた。各々が手にしているリボルバーは、剣呑《けんのん》に黒光りしている。

運転席の若者は恐る恐るバックミラーを見上げ、後ろの様子を窺《うかが》った。

太い眉《まゆ》の、どこかあどけなさの残る顔立ちは、少年からやっと青年になったばかりという印象を受ける。昆虫で言えば、さなぎの段階だろうか。

その視線を感じたらしい口ひげと、ミラー越しに目が合った。

「なんなぁ？」

「あ、いや、なんも……」

「われもチャカ、ぶっ放したいんか？」

「はは……いやぁ」

愛想笑いする若者の首根っこを、助手席の柄シャツが乱暴につかんだ。

「ほうじゃろうがチンタ、早《はよ》う一人前になりたいんよのう」

チンタと呼ばれた若者は、名前を近田《ちかだ》幸太《こうた》という。一番下っ端の、二十歳のチンピラだ。

柄シャツは三村《みむら》、後部座席の口ひげは浅井《あさい》、浅井と並んで座っているのが西山《にしやま》。いずれも広島に暖簾《のれん》を掲げる暴力団、五十子《いらこ》会の組員である。

「……おっしゃ、ほんならこれ持ってけ」

西山が、自分の拳銃《けんじゅう》をチンタにちらつかせる。

「えっ、ほんまに!?」

顔を輝かせて振り返ったチンタに、西山は拳銃ではなく、鞘《さや》に入った果物ナイフを突き出した。

「アホか、わりゃこれでチンコの皮でも剝《む》いとりゃええんじゃい」

ナイフを男根に見立てて鞘を上下に動かす。下品な冗談に、浅井と三村が爆笑した。

「チャカいうて百万年早いんじゃ！」

西山に後頭部を小突かれたチンタは、ヤッパとも言えない果物ナイフを間が悪そうに受け取り、前に向き直った。

「おっしゃあ！」

浅井が威勢のいい声をあげる。

「兄貴の出所祝いじゃ！　尾谷《おだに》のチンカスども、足腰立たんようにしちゃろうじゃないの！」

「おお！」

「よっしゃあ！」

西山と三村がいきり立った。

浅井が口にした『尾谷』とは、戦後からこの呉原に根を張る老舗《しにせ》の博徒、尾谷組のことである。

「早《はよ》う出せ！」

「あ、はい！」

チンタは慌てて車のエンジンをかけると、思いきりアクセルを踏んだ。

その頃、とあるビルの更衣室で、軽快に口笛を吹きながら着替えをしている男がいた。

口笛のメロディーは、『狼なんか怖くない』。有名な短編アニメ映画『三匹の子ぶた』の挿入歌だ。

男のがっちりした上半身や筋肉質の太い腕は、格闘家を思わせる。

途中で口笛が、弾んだ鼻歌に変わった。

これから恋人と会う約束でもしているかのような、楽しげな風情だ。男が手際よく身につけているのが、防弾チョッキでなければの話であるが。

男は思っていた。

三匹の子ぶたどもに思い知らせてやろう。アニメの間抜けな狼と違い、本当の狼は怖い動物だということを。

広島県の南西部に位置する呉原市は、県庁所在地の広島市から在来線で三十分の距離にある、製造業を中心とする工業都市だ。

平成三年現在、人口は二十万人あまり。瀬戸内海に面した温暖な気候とは裏腹に、暴力団抗争の頻発する荒っぽい土地柄である。

飲食店やドラッグストア、ゲームセンターなどが軒を並べるアーケード街を、チンタの運転するワゴン車が通り抜けていく。

午前十一時から午後五時までは歩行者専用のアーケードだが、車両が通行できるこの時間帯は、それほど人通りも多くない。そして多くの地方都市がそうであるように、こうした商店街の周囲には、繁華街が枝葉を伸ばすようにして広がっている。

チンタは、けばけばしいネオン看板を掲げた風俗店ビルの前で車を急停止した。

ビルの前には、数人の客引きがたむろしている。

浅井たちは次々と車から降り立った。

「エンジンかけて待っちょれ」

ズボンの後ろに銃を突っ込んだ浅井が、運転席の窓を覗《のぞ》き込んでチンタに命じる。

「はいっ！」

三人がビルの中に入っていく。目的の場所は、二階にある『MOCHA』というショーパブだ。

チンタはエンジンをアイドリング状態にして、そわそわと尻《しり》を動かした。落ち着かず、つい周囲をキョロキョロする。なにしろ、こんな大仕事を手伝うのは初めてのことだ。

と、男のふたり連れがやってきて、ワゴン車の前で立ち止まった。

チンタはとっさにシートに身を埋《うず》めた。両人とも地味なスーツ姿だが、歩き方、姿勢、目つき——あきらかに普通のサラリーマンとは違う。

そっと顔を上げると、男たちは片方の耳にイヤホンをつけ、ビルを見上げている。

警察だ。チンタの心臓が脈打った。

二階から、陽気な音楽が漏れ聞こえてくる。

階段を駆け上がった浅井たちは、『MOCHA』の前でいったん足を止め、それぞれ拳銃を手にした。

目配せし合い、いっせいにドアからなだれ込む。

店内は、多くの男性客で賑《にぎ》わっていた。

「どかんかいこら、ぶち回すどっ！」

三村の喚《わめ》き声は音楽に掻《か》き消された。

ちょうどショーの真っ最中で、ステージでは、セクシーなランジェリー姿のダンサーたちが腰をくねらせて踊っている。

西山が天井に向けて発砲した。銃声がとどろき、客の相手をしていたホステスたちが身をすくめて悲鳴をあげる。

「尾谷の橘《たちばな》はどこじゃっ、出てこんかい！」

相手は拳銃を振り回している暴漢どもだ。下手なことをして撃たれてはたまらないと恐れているのか、客はみな、腰を抜かしたように微動だにしない。

「おい、橘かっ⁉」

三人は店内をのし歩きながら、客の顔を覗き込んでいく。

奥の席で、悠長に煙草をふかしている短髪の男の背が、西山の目に留まった。

「おどれかっ！」

肩をつかんで振り向かせる。

「わ、わりゃ――」

その顔を見たとたん、西山は怯《ひる》んだように手を離した。

年齢は三十手前の、薄い不精ひげを生やした男――呉原東署刑事二課、暴力団係の日岡秀一《ひおかしゅういち》は、不敵な笑い声を漏らした。

「わざわざ広島から出張ってもろうて、ご苦労じゃったがのぅ」

西山は思わず後ずさった。日岡がどういう刑事か、五十子会のヤクザが知らぬわけがない。

三村がハッとして叫ぶ。

「こ、こんならぁみなマッポじゃ！」

店の客が怒声を放ちながら立ち上がった。みな、ヤクザに負けずとも劣らない厳《いか》つい風貌《ふうぼう》をしている。三村の読みどおり、全員マル暴の刑事たちだ。

数人の刑事が、狼狽《ろうばい》している浅井たちに警察手帳を掲げて見せる。

「ほいじゃぁのう、チャカそこに並べてもらえるかいのう」

背の高い角刈りの男が、悠然と三村に迫った。日岡の先輩刑事の有原《ありはら》である。

「おどれら全員逮捕じゃ」

日岡は座ったまま言うと、吸いかけの煙草をふかした。

「……逃げえ！」

西山がとっさに踵《きびす》を返した。だがションベン臭いチンピラを取り逃がすような日岡ではない。拳銃《けんじゅう》を持った西山の腕を、くわえ煙草で素早く後ろ手に捻《ひね》り上げる。

有原やほかの警察官たちが、チンピラどもを手分けして押さえにかかった。

「おら、どかんかこらぁ！」

暴れながら店の中を逃げ回る浅井を、日岡は面白そうに見やった。なかなかの腕っぷしだ。さしずめ、あいつがレンガの子ぶたか。

出口付近まで逃げていった浅井が、銃口を天井に向けてぶっ放した。

キャーッと甲高い悲鳴があがる。

「舐《な》めんなやっ！」

浅井は叫ぶなり店を飛び出した。表でチンタの車が待っている。広島まで逃げ切ればどうにかなる、と考えていた。

階段を駆け降りた浅井の足が、急ブレーキをかけたように止まる。

ビルの外で、警察が待ち受けていた。

制服警官の一団を率いるスーツ姿のふたりは、いずれも呉原東署刑事二課の刑事で、若いほうが菊地《きくち》、眼鏡をかけた年配の男が係長の友竹《ともたけ》だ。

文字どおり袋のネズミになった浅井は、ヤケクソで拳銃を構えた。

「そがぁな物騒なもん持って、どこぞに行くんね？」

菊地が、からかうように言う。

「どけやポリ公！　おまえら全員、尾谷の犬じゃろ！　ひとり残らずぶち回しちゃるぞ！　ええな!?」

大口を叩《たた》いた次の瞬間、「おいしゃあ！」という掛け声とともに、浅井は背後から蹴《け》り倒された。

日岡だ。

獲物にたかる蟻の群れさながらに、制服警官たちがわらわらと浅井に襲いかかる。

拳銃を取り上げられた浅井は、あっという間に取り押さえられた。

「よっしゃ逮捕じゃ逮捕じゃ！　ほら連れてけ」

上機嫌の友竹に見送られながら、浅井が連行されていく。

「日岡。上は片づいたんね」

「あー……」

日岡が曖昧《あいまい》に答えたところへ、有原が息せき切って駆け降りてきた。友竹に頷《うなず》く。

二階の捕り物も無事に終わったようだ。

一同がひと息ついた、その時――。

「おらあああ！」

奇声を発しながら、チンタが日岡の背中に体ごとぶつかってきた。

瞬間、日岡の身体が硬直した。その足元に、ぽたりと血が落ちる。

「う……」

日岡は苦痛に顔を歪《ゆが》め、その場にくずおれた。

たちまち地面に血だまりができていく。

いったい何が起きたのか、友竹も有原もほかの刑事たちも、日岡を刺した張本人のチンタすら、よくわかっていないような顔である。

「あ」

チンタの手から、血染めの果物ナイフが転がり落ちる。

「日岡……刺されとる」

間の抜けたセリフを有原が呟《つぶや》いた時、チンタが弾かれたように走りだした。

「こんガキャ、なんしょーんならっ！」

我に返った友竹が、怒鳴りながらチンタを追いかける。ほかの警官たちも慌てて駆けだした。

日岡は倒れたまま、背中にやっていた手を目の前に持ってきた。

鮮血に染まっている。この痛みと、ナイフが肉に刺し込まれた感じからすると、かすり傷とは言えないようだ。

あのバカ――。

目の前が暗くなり、チンタを取り押さえる警官たちの怒号が徐々に遠のいていった。

「あいた！」

取調室の机に勢いよく頭を叩《たた》きつけられたチンタは、思わず悲鳴をあげた。

「いくらアホでもわかるじゃろうがいや。刑事をぶっ刺しといてタダで済む世界がどこにあるんじゃこんボケが！」

チンタの髪を鷲《わし》づかみにして押さえつけているのは、友竹だ。

「すんません！　ほんますんません！」

「すまんで済んだら、不動産屋はいらんのんじゃ！」

髪を引っ張って顔を上げさせ、すかさずもう一方の手で突き飛ばす。外見は痩《や》せぎすのインテリふうだが、中身はやはりマル暴の刑事だ。

「……ったぁ……」

頭から壁に激突したチンタが呻《うめ》いていると、取調室のドアが開いた。

日岡だ。刺し傷を負った背中をさすりながら入ってくる。

「日岡、大丈夫なんか？」

ドアの近くに立っていた菊地が心配そうに訊《たず》ねると、日岡は小さく頷いた。

「……外してもろうてもええですか」

否と言っても、どうせ聞きやしない。そう思ったのか、友竹は何も言わずに机を離れた。すれ違いざま日岡の肩を軽く叩き、「あんま無茶すんなや」と小声で釘《くぎ》を刺す。

はいはい、というように、日岡はおざなりに頷いた。

友竹と菊地が出ていくと、取調室はシンと静まり返った。

チンタは、壁にぶつけた頭を痛そうに押さえている。

日岡は背中をかばいながら上着を脱ぎ、ゆっくりした動作でパイプ椅子に座った。

それでも痛みに思わず声が出る。

煙草の箱から一本出してくわえる。銘柄はハイライト。病院の外では、重いニコチンが痛み止め代わりだ。

使い込まれた渋い金色のジッポーで火をつける。

真鍮《しんちゅう》のアウターケースの中央には、四肢を踏ん張り、月を見上げて吠《ほ》えている狼の絵柄が、立体的に彫り込んである。

狼のジッポーは、呉原東署のマル暴刑事だった大上章吾《おおがみしょうご》の形見として、日岡が大事に使っているものだ。この三年ですっかり手に馴染《なじ》み、もはや体の一部のようになっている。

ハイライトを深く吸い込むやいなや、日岡は思いきり机を蹴った。

「うおっ！」

チンタがビクッと身を縮こまらせる。だが日岡の背中に走った痛みのほうが、はるかにダメージは大きい。

「くそぉ……」

痛みを堪《こら》えて顔を近づけ、部屋の外に漏れないよう声を潜めてチンタを叱りつける。

「……このクソボケ、誰がナイフ使え言うたんじゃ、チャカ使う約束じゃろうが！」

マル暴の刑事は、エスと呼ばれる情報提供者をあちこちに抱えている。チンタも、日岡が飼っているエスのひとりだ。

「ごめんごめん！　いや、兄貴がチャカは百万年早い言うけぇ」

「防弾チョッキ着とった意味がなあじゃなあの！」

「いや、チョッキ着とりゃナイフも刺さらんのかと――」

本物の馬鹿なのか、それともトボけているのか。日岡はチンタの胸倉をつかみ上げた。

「のうチンタ……わりゃ本気でわしを殺そう思うたん違うんか、おう？」

「アホ言わんでよう！」

チンタは大きな声をあげた。

「わしゃほんまの兄ちゃんじゃあ思うて、ひーさん尊敬しとるんじゃけ――」

慌ててチンタの口を塞《ふさ》ぐ。

「アホ、署内じゃろ！」

「あ、ごめん」

どうやら本物の馬鹿だった。怒る気も失《う》せ、日岡はチンタから手を離すと、ため息をついた。

「ったく、挙げ句に簡単に捕まりゃぁがって、こんなの姉ちゃんにどがぁに説明すりゃあええんじゃこのドアホが」

椅子に座り直し、苛立《いらだ》たしげに煙草をふかす。

「ハハ、ほんまにごめんて」

チンタは笑いながら日岡のハイライトに手を伸ばし、箱から煙草を抜こうとする。

……まさか一服する気か？

「アホ！　わりゃ何をしくさって」

思わず繰り出したパンチを、チンタはボクサーよろしくスウェーした。おかげでまた、日岡の背中を激痛が襲う。

日岡が呻《うめ》いている間にチンタはジッポーで火をつけ、悠然と煙草を吸い、蒸気機関車のごとく盛大に煙を吐き出した。

「はー、いっぺん取調室で吸うてみたかったんよ。うまいのう！」

無邪気に喜んでいるチンタを見たら、怒りを通り越して笑ってしまった。

「うまいか」

「おおー、美味じゃあ」

憎めない男なのである。口ではボケだのアホだのとけなすが、心の中では、日岡もチンタを本当の弟のように思っていた。

日岡は笑いながら、しばしふたりで煙草を味わった。

木綿の白布をかぶせた盆ゴザを、男たちがコの字型に取り囲んでいる。

手本引きの盆（賭場《とば》）が敷かれている元・尾谷組廻漕《かいそう》の広間は、煙草の紫煙と熱気に包まれていた。尾谷組はもともと廻漕業から身を起こした博徒で、今は使われていないこの建物は、もっぱら賭場として使われている。

盆ゴザの長い一辺の中央に、いかにも博徒といった風貌《ふうぼう》の胴元。その左右隣りには、ダボシャッとステテコ姿の世話役――合力たちが座る。

「さァ行こう」

胴元が無表情のまま、羽織の内側で六枚の繰り札を片手で繰る。

手本引きのルールはごくシンプルだ。一から六までの数字を図案化した繰り札から、胴元が任意に一枚を選ぶ。それを張り子たちが推理し、一点張りから四点張りのいずれかの賭《か》け方で勝負するというもの。当たる確率の低い一点張りは配当が高く、当たる確率の高い四点張りは配当が低い。

いま盆ゴザについている張り子は四、五人だろうか。向かい側に座っている胴元が羽織の陰でどの数札を選ぶのか、透視でもするかのように息を呑《の》んで凝視している。みな、これまでの流れや胴元の癖を読もうと必死なのだ。

対する胴元は、張り子たちの読みを外そうとする。手本引きは言わば頭脳戦、心理戦だ。それゆえ、運や偶然に左右されるサイコロ賭博《とばく》の丁半や花札賭博のアトサキよりも格上とされ、『博奕《ばくち》の華』『賭博の終着駅』などと称される。

胴元が、紙下と呼ばれる手拭《てぬぐ》いに繰り札を入れて場に出した。張り子たちの目に触れないようにするためだ。

「入りました」

見物客たちがいっせいにどよめいた。

「どうぞ張ってください！」

合力たちが威勢のいい掛け声で場を盛り上げる。

「さァ張って張って」

張り子たちは、これぞと思う漢数字の張り札を裏にして置き、そこに賭け金を添えていく。

「いが餅じゃなぁですか」

「おお、昨日祭りじゃったんじゃ」

いが餅は、祭りに欠かせない呉原名物の餅菓子である。あちこちで豊穣祭《ほうじょうさい》が始まる季節だ。おおかた、テキ屋から回収したショバ代を全部抱えてきたのだろう。

賭場で熱くならない博奕打ちはいない。今日はそれほど大きな場ではないようだが、万札を十枚ずつ束ねたズクを腹巻にいくつも突っ込んでいる者もいる。

造船業の発展で港湾労働者の多かった呉原市は、戦前から博奕が盛んだった。尾谷組を起《た》ち上げた先代の尾谷憲次《けんじ》は、博奕一本でシノギを行ってきた伝説の博奕打ちだ。なんと、手本引きで一晩に三億勝ったこともあったという。

勝とうが負けようが眉《まゆ》ひとつ動かさず、尾谷は常に端然と座している。その凜《りん》とした佇《たたず》まいに、多くの博徒たちが心酔した。

また、相手がどれほど強大であろうと、仁義を通すためには命を張る。尾谷という男は、現代に武士道を生きる任侠《にんきょう》として、名だたる親分衆からも一目置かれていた。組員五十名ほどの小さな尾谷組が、全国にその名を轟《とどろ》かせた所以《ゆえん》である。

亡き大上刑事も尾谷には信を置き、事あるごとに、当時尾谷が収監されていた鳥取刑務所に通っていたものだ。

呉原東署に赴任してきた当初、日岡は違法捜査も厭《いと》わない大上のやり方に反発し、噂されていたヤクザとの癒着を確信して嫌悪感を抱いたものだが……。

そんな日岡が今では、組長代行の天木《あまぎ》や若頭の橘らと昼間から酒を飲んでいるのだから、変われば変わるものである。

賭場を見渡せる奥の間の応接テーブルの上には、ビール、ワイン、ウィスキー、そして鮨《すし》などのつまみが並んでいる。

「しっかし、さすがの情報網じゃのう。阿呆《あほう》どもが入れ食いじゃったそうじゃなぁの」

橘が言った。日岡より一回り近く年上になる。濃いサングラスと口の周りを囲っているひげで顔の半分は隠れているが、かなりの男前だ。代わりにというわけではなかろうが、シャツの胸元からは立派な彫り物が覗《のぞ》いている。

「尾谷の庭を、土足で荒らされるわけにいかんでしょ」

笑って言いながら、日岡は後ろを振り返った。網走《あばしり》刑務所で服役中の現・尾谷組組長、一之《いちの》瀬《せ》守孝《もりたか》の写真が、睥睨《へいげい》するかのように見下ろしている。

「こがいに上手《うま》いこと仕切られたら、経費がかかってかなわんのう」

天木が、つまみのチーズを咀嚼《そしゃく》しながら皮肉った。年齢は五十歳と聞いている。

「おう、ボン」

天木が、日岡の背後に立っている柳島《やなぎしま》に目配せした。

心得たように、柳島が懐から出した封筒を日岡に差し出す。まだひげの剃《そ》り跡もないような若衆だ。

「ちぃと遊んでったらどうじゃ」

天木が広間のほうを顎《あご》でしゃくった。

「冗談言わんでくださいよ」

日岡は苦笑しながら、受け取った封筒を上着の内ポケットにしまった。これでも現職のマル暴刑事なのだ。もし仮にやったとしても、封筒の中身を一瞬で吸い上げられてしまうのは目に見えている。

「そういや代行、網走に行っとったんでしょ？　一之瀬のオヤジはどがぁでした」

「ああ元気なもんじゃ。のう橘」

「日岡さんには、くれぐれもよろしゅう伝えてくれぇ言うちょったわ」

橘の言葉を額面どおり受け止めるには、日岡を見る視線に棘《とげ》がある。気のせいではないだろう。

「……ほうですか、そら安心しました」

日岡は素知らぬ顔で答えた。

すると、日岡の脇であぐらをかいている組員の花田優《はなだまさる》が、ぽつりと口を開いた。

「オヤジは、五十子のことを心配しちょりましたのう」

「五十子？　もう死んどるじゃなあの」

日岡の脳裏に、男子トイレの小便器に転がっていた血まみれの生首が浮かぶ。

会長の五十子正平《しょうへい》のタマを獲《と》ったのは、当時尾谷組の若頭だった一之瀬だ。

「上林《うえばやし》いう五十子の右腕じゃった奴が、出所するいうて」

アホか、と橘が花田の言葉を一蹴《いっしゅう》する。

「あがいなわやしょーる奴、どがいにもなるかぁや」

日岡も、名前だけは知っている。花田より少し年上で、まだ三十半ばには達していないはずだ。

日岡は煙草をくわえた。すかさず柳島が両手でライターを差し出す。

が、日岡は自分の狼のジッポーで火をつけた。

「のう花田、五十子の右腕じゃぁ左足じゃぁ知りゃあせんがのぅ、五十子会は組織としてもはや体をなしちょらんわい。昨日も四人パクったしのぅ。風前の灯火《ともしび》、いうやっちゃ」

そう言って煙草の煙を吐く。

五十子正平が存命の頃は百人以上いた構成員が、今では半分以下になっている。以前の勢いを取り戻すことは、もはや不可能だろう。

花田は納得いかないような顔をしていたが、結局、何も言わずに日岡から顔を背けた。

*

昭和四十九年、呉原市を拠点とする暴力団・尾谷組に対し、広島最大の広域暴力団・広島仁正《じんせい》会傘下の五十子会が抗争を仕掛けた。いわゆる第三次広島抗争である。

多くの死傷者を出した報復合戦は血で血を洗う泥沼の抗争へと発展し、勝者なき結末を迎える。尾谷組組長の尾谷憲次は殺人罪の共謀共同正犯の罪で懲役を受け、大黒柱を欠いた尾谷組は弱体化を余儀なくされた。

それから十四年が経ち、ヤクザ組織が群雄割拠した昭和は終わろうとしていた。

積年の遺恨は、しかし消えたわけではなかった。
日岡が呉原東署に赴任した昭和六十三年の夏、呉原で新たな抗争の火種が燻《くす》ぶりはじめる。五十子会の下部組織である新興勢力の加《か》古《こ》村《むら》組が、しぶとく生き残っている尾谷組の残党に牙《きば》を剥《む》いたのだ。

県警トップのマル暴刑事としてその名を轟かせていた大上は、抗争を食い止めようとあらゆる手を使って東奔西走した。日岡の目には、そんな大上がまるで危険な綱渡りをしているように見えた。
日岡の懸念は現実となり、解決を見ぬまま大上は無惨な死を遂げる。

しかし十数年にわたる抗争は、五十子正平殺害事件により事実上、終止符が打たれた。五十子の死後、尾谷組と広島仁正会が手打ちを行ったためである。

その手打ちを裏で仕切ったのは、大上の遺志を受け継いだ日岡であった。

そして時代は、昭和から平成へと移り変わる。
バブル景気真っ只中《ただなか》の広島では建設ラッシュが続き、暴力団抗争は小康状態にあった。

暴対法——暴力団対策法の施行を翌年に控えた、平成三年九月。

抗争の火種は、再び沸々と燃え上がろうとしていた。

日岡によって壊滅状態に追い込まれた、五十子会の残党たちによって——。

徳島刑務所は、暴力団関係者が多く収監されていることで知られる。

それもLB級とB級（平成三年時点、L級は執行刑期八年以上の者を指し、B級は犯罪傾向の進んでいる者を指す）に分類された受刑者を収容する、最凶と言われる刑務所だ。

その懲罰房に、上林成浩《しげひろ》はいた。

垢《あか》じみた獄衣とも今日でオサラバだ。差し入れされたズボンをはき、真新しいワイシャツを彫り物の入った素肌に羽織る。

たくましい背筋が動き、まだ未完成の背中の毘沙門天《びしゃもんてん》が一瞬、笑ったように見えた。

身支度を済ませた上林は、刑務官のあとについて建物の外に出た。

「神原《かんばら》さんには、ほんまお世話になりました」

立ち止まって、大きな体を折る。

「心にもないこと言わんでええわ」

神原はそっけなく言うと、表門に向かって歩きだした。

上林が小走りで追いつく。

「いえ、嘘偽らざる本心です……もうムショだけは懲り懲りですわ。二度と戻らんように、シャバで精進しますけ」

また立ち止まり、神妙な顔をして深々と頭を下げる。

神原は無言だ。

たいていの出所者は同じようなことを口にする。言葉どおり受け止めれば、みな立派に更生の道をたどっていくと思うだろう。だが満期出所者のうちの多くが、再犯で舞い戻ってくる。刑務官になりたての頃ならともかく、神原は二十年近く、そんな受刑者たちを見てきた。

それでも神原は毎回、励ましやねぎらいの言葉をかけて送り出す。

だが、今日は様子が違った。

黙って上林を見送るその目は、まるで異端者を見るかのようにどこまでも醒《さ》めていた。

雲ひとつない快晴だ。塀に切り取られていない空はいい。

「兄貴！」

上林が門の外に出ると、舎弟たちが嬉《うれ》しそうに駆け寄ってきた。

「ご苦労さんでした！」

一同腰を落とし、膝《ひざ》に手をついて頭を下げる。

上林も笑顔になり、舎弟頭の佐伯《さえき》の肩を叩《たた》いた。以前はなかった口ひげを生やしている。

だが、出迎えが少ないのが気にかかる。佐伯のほかは、戸《と》倉《くら》や土屋《つちや》ら、二十代の舎弟が四人だけだ。

「失礼します」

土屋が煙草を差し出した。

上林が一本抜いて煙草をくわえると、すかさずライターで火をつける。

煙を肺に深く吸い込んだ。やっとシャバに戻ってきたと実感する。

しかし、上林が服役している間に、塀の外の状況は一変してしまった。

戸倉が抱えているオヤジ——五十子正平の遺影を、上林は無念の思いで見やった。

自分さえついていれば、むざむざオヤジを殺《や》られたりはしなかった。

「すんません……兄貴の出所祝いにと思うて尾谷に襲撃掛けたんですが、サツに先回りされましてのう」

合わせる顔がないというように、佐伯が目を伏せる。

なるほど、それで浅井や西山の姿が見えないわけだ。

上林は煙を吐き出した。

「……二代目は？」

五十子亡きあと、頭角を現した角谷洋二《かくたにようじ》が跡目を継いでいた。

「一応、連絡はしたんじゃが……」

佐伯が口ごもる。

表面上はともかく、五十子の懐刀だった上林を、角谷は内心で煙たがっていた。

だが上林にあって、角谷には決定的に欠けているものがあった。

強烈なカリスマ性だ。

「……あのクソ狸が」

上林は戸倉の胸ポケットからサングラスを取ってかけ、車に向かう。

出所した足で親分に挨拶《あいさつ》に行くのがヤクザ世界の常識だが、その前にやることがある。もっとも、角谷をオヤジと認めた覚えはないが。

「スケ用意しました」

風俗に沈めた女だろうか、ケバい化粧をした女がふたり車に寄りかかり、棒アイスを口をすぼめて舐《な》めている。

ご面相より、テクニック重視で選んだらしい。

目的地に着くまでに、もうひとつシャバに戻った気分を味わえそうだ。


家の外から、学校帰りの小学生の元気な声が聞こえてくる。

西日の射し込む自宅の教室で、神原千晶《ちあき》は小学四年生の女子生徒にピアノを教えていた。

「そうそうそう。ミソファラソレファ……」

千晶は、初めから音大の指導者コースに進んだ。ピアノが好きという気持ちは誰にも負けないが、残念ながらプロの演奏家になれるほどの才能はないと自分でもわかっていたからだ。

けれど千晶は、ピアノ教師という仕事が好きだ。教えることは楽しいし、生徒の子供たちも可愛い。

父親が早くに亡くなったこともあり、決して裕福な家庭ではなかった。そんな千晶が学費の高い音大に通うことができたのは、女手ひとつで育ててくれた母と、高校を卒業してすぐ公務員になった兄のおかげだ。

ふたりには感謝しかない。こうして毎日ピアノに触れていられるだけで、千晶は十分幸せだった。

「さようなら。気をつけてね」

生徒を見送る。今日はもう、これでレッスンはおしまいだ。これから夕飯の買い出しに行こうと思っていた。

「さようなら」

千晶に挨拶をして、玄関の古い引き戸を開けた女の子は、誰かとぶつかりそうになった。

サングラスをかけた、背の高い男だ。優しげに笑んで女の子を見下ろしている。サイドの髪を剃《そ》り落とし、悪魔のように先の尖《とが》った耳が目立つ。

女の子は戸惑いがちに千晶を振り返ると、危険を察知した小動物のようにサッと男の脇をすり抜けて走り去った。

男が、ゆっくりとサングラスを外す。

千晶は背筋がゾッとした。

笑顔なのに、目は少しも笑っていない。むしろ蛇のように陰鬱《いんうつ》で不気味だった。

男は断りもなく玄関の三和土《たたき》に立った。その後ろから、見るからにガラの悪い連中がぞろぞろ入ってくる。

「なんなんね、あんたら」

押し売りなどの類《たぐ》いではない。あきらかに暴力団だ。

「わしらにもピアノ教えてくれんかのう」

手下らしきチンピラたちが、上がり框《がまち》をまたいで中に押し入ってきた。

早く逃げろと頭の中で警鐘が鳴る。家の中に逃げ場はない。千晶は後ずさりながら廊下を小走りに戻った。

すぐにチンピラたちが追ってくる。

いちばん奥のピアノ教室の部屋まで来たが、グランドピアノに邪魔され、窓に到達する前に羽交い締めにされた。

「なんね！」

震えながらも叫ぶ。

「ほぉ～、きれいな指じゃのう」

口ひげのチンピラが、にやにやしながら千晶の手をつかんだ。

「やめて！」

千晶は必死で抗《あらが》った。

「黙れやこらっ」

塞《ふさ》がれた口から、なんとか声を出そうとする。人通りはあまり多くないが、まだ外は明るい。思いきり叫べば、近所の人が気づいてくれるかもしれない。

千晶にとって不運だったのは、この部屋が防音室だったことだ。

そこへ、先ほどの背の高い男が、のんびりした足取りで入ってきた。

戸口の脇の電話台に飾ってある写真立てに目を留め、なぜか手に取ってしげしげと眺めている。

千晶がピアノ教室を始める時に、この部屋で記念に撮った家族写真だ。ピアノの前に座った母の肩に千晶が手をかけ、ふたりを守るようにして兄が後ろに立っている。

「兄ちゃんには、ムショでえっと世話になったんよ」

一味の頭らしい男は、顔を歪《ゆが》めて微笑んだ。

このヤクザは、兄の勤務している刑務所に入っていた前科者だ。千晶は膝が震えた。

あの刑務所は、凶悪犯罪を犯した者が多いと聞く。

チンピラたちが、下品な笑い声をあげながら千晶をいたぶる。

「よいしょお！」

順番待ちの生徒が使うソファに突き飛ばされ、後ろから腕を押さえつけられた。引き裂かれたブラウスから、豊かな胸があらわになる。

レイプされるかもしれない。千晶の顔から血の気が引く。

男は写真立てを持ったままピアノの椅子に座り、思い出話でもするように話しはじめた。

「毎日毎日飽きもせんと殴り倒してくれてのう……わしゃ実の親にもあがいに糞味噌《くそみそ》にされたことはなぁですけ」

いわゆるお礼参りにきたのだと、千晶は委縮しそうになる頭で懸命に理解した。

この男たちは何をする気なのか。ヤクザは堅気に手を出さないというから、ただ脅しているだけかもしれない。

だがそれは希望的観測だと、頭の隅ではわかっていた。

パニックに襲われた千晶は、チンピラを振り切って逃げようとした。

すかさず男がピアノの椅子から立ち上がり、写真立てで千晶を殴りつける。

「あっ!」

たまらず千晶はくずおれた。

男が写真立てを投げ捨て、ふうーっと大きく息を吐く。

痛みとショックで、もはや立ち上がる気力すらない。千晶はただ、恐怖におののく目で男を見上げるのみだ。

すると、男の表情が変化した。

千晶の前にしゃがみ、両手で顔を鷲《わし》づかみにする。

「……そがいな目で見んでぇや……」

大きな手にがっちり押さえ込まれた千晶は、視線を逸《そ》らすこともできない。瞬《まばた》きを忘れたその目は、乾いたままだ。恐怖が頂点に達すると、涙も出ないらしい。

「……お願いじゃけ……堪忍して……」

必死で声を絞り出し、無意識に大きく目を開く。

次の瞬間、千晶を覗《のぞ》き込む男の目に狂気が宿った。

「なんでそがいな目でわしを見よるんじゃ!」

震え声で怒鳴る。

男の親指が千晶の目に近づいてきた。

千晶はとっさに目を閉じた。

指がまぶたを強く押さえつけてくる。

眼球に痛みが走った。

「……やめて……」

ずぼり。

親指が千晶の両目にめり込む。

「ああーーーーっ！」

激痛に悲鳴をあげた。

子分たちもさすがに目を背ける。

「……恨むんなら、兄ちゃんを恨むんで。のう？」

男はぐっと力を込めた。

親指がずぶずぶと眼窩《がんか》に沈み込んでいく。

千晶の絶叫は、壁の吸音材に吸い込まれていった。

送電線の鉄塔のたもとに駐車してある日岡の白いベンツが、朝陽を照り返して輝いている。

むろん、鉄塔に用事があるわけではない。当直明けの日岡が訪ねてきたのは、すぐ目の前にある平屋の木造住宅である。安普請のうえにだいぶ古びており、あと数年もすれば立派なあばら家になりそうだ。

「いやぁ、すまんかった、事後承諾になってしもうて……」

テーブルで丼《どんぶり》飯をかき込んでいた日岡は、険悪な空気を感じていったん箸《はし》を置いた。

「チンタはちぃと、ムショに入ってもらうことになる」

台所に向かって頭を下げる。

真緒《まお》が煙草を片手に来て、もう一方の手に持っていた漬物の小鉢を投げ出すように置いた。相当おかんむりのようだ。

真緒はチンタの姉で、日岡よりふたつ年下の二十六歳。呉原市内の小さなバーで雇われママをしている。

「またスパイみとうなことさせたん？」

ムスッとして、台所に戻っていく。

「お国の仕事じゃなぁの」

媚《こ》びるように言い、真緒が漬けたきゅうりのぬか漬けを口に運ぶ。うまい。

今日の朝飯の献立は、焼き鮭に牡蠣《かき》の味噌汁、ほうれん草のおひたし、出し巻き卵、作り置きのひじきの煮物と、ゆうべの残り物らしい唐揚げ。

母親代わりとして幼い弟妹を育ててきた真緒は、料理が得意だ。夜遅い仕事なのに、朝も必ず弟たちにちゃんとしたご飯を食べさせる。

カップ麺《めん》やコンビニ食に飽いた日岡の舌も泣いて喜び、朝から丼飯を二杯おかわりしてしまった。

「あんね。うちはあの子を極道にさせたくなかったけえ、ガミさんの弟子じゃったあんたに面倒を任せたんよ？　いつになったらあの子はチンピラから足を洗うんよ！」

ガミさん——懐かしい大上のニックネームを聞くと、いまだに日岡の胸はちくりとする。

大上は大の女好きだったが、同じくらい水商売や風俗の女たちから慕われていた。ガミさんには世話になった、恩があると、みなが口を揃える。大上に頼まれてスパイまがいのことをしたり、美人局《つつもたせ》を引き受けたりする女もいたくらいだ。

そのせいで日岡は、一度痛い目を見たのだが……。

さておき、聞き込み捜査でたまたま知り合った真緒も、大上ファンの女のひとりだった。

「ほんまにこれが最後じゃ。信じてくれ」

日岡は神妙に正座して、上目遣いに真緒を見た。

「出所したら、ちゃぁんとわしがカタギの仕事を世話しちゃるけえ」

「ほいじゃけど、そういう問題じゃなぁじゃろ⁉」

可愛い顔に似合わず手厳しい。だが、それも弟への愛情ゆえだ。

今回は簡単に許してもらえそうもない。

「ねえちゃん、たまごー！」

末っ子の真理亜《まりあ》が庭先から呼んだ。下の弟の孝一《こういち》と、庭の隅にある鶏小屋から卵を取ってきたようだ。鶏小屋と言っても鶏が二羽いるだけの、犬小屋に毛が生えたような大きさのものだが、それでも多少は家計の足しになっているらしい。

真緒は灰皿で煙草を揉《も》み消し、縁側に行って真理亜から生みたての卵をふたつ、受け取った。

「あんたら、はよ学校行きんさい」

「はーい」

孝一は八歳、真理亜は六歳。年の離れたふたりは、真緒たちとは腹違いのきょうだいになる。

チンタに聞いた話では、真緒とチンタの母親は日本の生活に馴染《なじ》めず、本国に帰ってしまった。孝一と真理亜は、日本に残った父親が若い女に産ませた子供たちだ。だが内縁の妻だったその女も、真理亜が一歳にもならないうちに男を作って家を出ていったという。もともと酒浸りだった父親は、ほどなく肝硬変で他界した。

真緒が卵を手に、台所に戻っていく。

父親が死に、まだ二十歳そこそこだった真緒に残されたのは、不良の弟と幼児と赤ん坊と、このボロ家だ。

辛《つら》い記憶なのだろう、真緒は昔のことを話したがらないが、弟妹の面倒をみながら店をまかされるようになるまで、並大抵の苦労ではなかったことくらい、日岡にも想像はつく。それを思うと、真緒の気の強さすら愛《いと》おしくなる。

どうやって真緒の機嫌を取ろうか思案しながら食後の一服をしていると、「ひーさん」と小声で呼ぶ声がした。

振り返ると、まだ庭先にいた孝一がTシャツの裾《すそ》をめくり上げた。お腹にチンタ宛ての封筒を隠し持っている。

日岡は縁側ににじり寄って封筒を受け取った。裏返すと、差出人は『大韓民国民団広島県地方本部』とある。

「……姉ちゃんには？」

声を潜めて訊《き》く。今はまだ、真緒に知られるのはまずい。

孝一と真理亜が仲よく首を横に振る。

日岡は破顔し、ふたりの頭をわしわし撫《な》でた。

「ようやった！」

ポケットをまさぐって金を出すと、それぞれの手に五百円玉を握らせてやる。

「これで何か買《こ》うてきんさい」

「まいど」

「まいどまいど」

孝一と真理亜が小声でおちゃらけるので、日岡は笑ってしまった。

「行ってきまーす！」

ランドセルを背負い、孝一が真理亜と手をつないで元気よく登校していく。

「気ぃつけんさいよ！」

煙草をふかしながら目を細めて見送っていると、真緒が小走りに駆けてきた。

慌てて立ち上がり、インコの鳥かごに頭をぶつけそうになりながら尻《しり》のポケットに封筒を押し込む。

「孝一、靴下！」

縁側にほったらかしの靴下を拾い上げ、真緒が道に向かって怒鳴った。

朝の日課のようなものだが、孝一が戻ってきたためしはない。日岡の知るかぎり、孝一は一年中はだしだ。

真緒は軽くため息をつき、怪しむような目で日岡を見やった。

「……なぁんかコソコソしよらん？」

「んー？」

曖昧《あいまい》な返事でごまかし、真緒を後ろから抱きしめる。

「やめんさい」

真緒はつれない。だが、本当は情の深い女だということはわかっている。牡蠣の味《み》噌《そ》汁は日岡の好物だし、弟たちが食べないほうれん草のおひたしも、野菜不足の日岡のためにわざわざ作ってくれたものだ。

「一緒に風呂《ふろ》入ろうや」

「アホ言ぃんさんな」

真緒も背は低いほうではないが、百八十センチ以上ある日岡に抱きしめられると、華奢《きやしや》な身体はすっぽり包み込まれてしまう。

「入ろうやぁ」

日岡が甘えた声でしつこくせがむ。

「イヤなんか？」

「……ほぃじゃったら、先入って待っとって」

照れ隠しか、ぶすりとして言う。

そんな拗《す》ね方も、日岡にはたまらなく可愛い。

「はぶててからぁ、ん？」

言いながら真緒の身体を揺らす。もうそろそろ笑ってくれるはずだ。

庭の鶏が、明るい鳴き声をあげた。

＊

広島県警本部ビルの会議室に、捜査員たちが続々と集まってくる。

入り口に貼りだす「戒名」を書き終えた署員が筆を置いた。サイズは大きく違うが、縦長の用紙が法名紙に似ていることから、そう呼ばれている。

『広島市内豊江《とよえ》町二丁目　女性ピアノ講師殺人事件捜査本部』

教科書の文字のような、きちっとした楷書《かいしょ》の手だ。

戒名はたいてい書道の段位を持っている署員が担当し、市民に広く情報提供してもらえるよう、記憶に残りやすい事件名がつけられる。

長机の上に置いてあるその戒名を、使い捨てカメラで撮影している刑事がいる。頭髪の薄くなった、初老の男だ。

「瀬島《せしま》さん、なんしょーんなら？」

会議室に入ってきた県警捜査一課の刑事、中神悟《なかがみさとる》が声をかけた。

「定年前にこがぁなゴツいヤマにつけると思わんかったけえのう」

と、ご機嫌である。瀬島孝之《たかゆき》も捜一の刑事で、現在は五十九歳。このまま無事に職務を全うすれば、来年の夏には一線を退いている予定だ。

中神と話している間に、先ほどの署員が戒名を持っていこうとしている。

「ま、待ちんさい」

瀬島が慌てて止めた。戒名をこちらに向けるよう署員に指示すると、急いでフィルムを巻き上げ、使い捨てカメラを中神に差し出す。

「ちぃと撮ってくれんね」

「ああ、いいですよ」

笑いながら中神が受け取る。

瀬島は戒名の横に並び、丸顔をニコニコさせてピースサインを作った。

あんまり瀬島が嬉《うれ》しそうなので、カメラを構えた中神もつられて笑顔になる。

「ええ笑顔じゃ。はい、チーズ」

フラッシュと同時に、シャッターが切られた。

笑いながらカメラを返そうとした中神が、急に表情を変えて眉間《みけん》にしわを寄せた。

「どしたんよ？」

瀬島が訊くと、中神が露骨に嫌な顔をして前方を顎《あご》でしゃくる。

サングラスをかけ、黒いシャツに、薄いストライプの入った黒のダブルスーツを着た男——日岡が入ってきた。

「応援で呉原から呼んだらしいですわ」

中神が小声で瀬島に言う。

「ほんまに何が悲しゅうてあがぁな不良刑事……けったくそ悪いのう」

訓告や厳重注意は数えきれず、訓戒処分も何度か受けている日岡は、県警本部でも有名なアウトローだ。懲戒処分にならないのが不思議だと、みなが噂している。

冷ややかな視線の中、日岡は適当な席に座り、我関せずという態度で煙草をくわえた。

「席着け！」

会議室がざわめき、上層部の面々が入ってきて雛壇《ひなだん》に上がった。

「じゃ、始めましょうか」

机の中央に座った指揮官に、日岡の目が吸い寄せられる。

県警捜査一課管理官、嵯峨《さが》大輔《だいすけ》警視。かつて日岡の直属の上司だった男である。

会議は型どおりの進行で始まり、中神のブリーフィングに入った。

「遺体は頭部、腹部、鼠蹊《そけい》部に激しく殴打された等の損傷があり、眼球も損傷しとりまして、いま司法解剖で詳しい死因を調べとる状況です」

「目玉ってことか？」

嵯峨が訊く。

「ええ。抉《えぐ》り取られとったようですわ」

捜査員たちから、なんとも言えない嘆声が漏れる。さぞや現場は酸鼻を極めたことだろう。

日岡は捜査資料をパラパラとめくった。遺体写真の中に、被害者の顔面を撮影したものがある。

日岡はかすかに眉《まゆ》をひそめた。

若い女性の血まみれの顔の中で、両目のあった場所が黒々と陥没している。

そのうえ、被害者は目玉をくり貫《ぬ》かれたあと、強姦《ごうかん》されていた。

これほど胸の悪くなる事件はめったにない。

嵯峨が軽くため息をついて立ち上がった。

「報告のとおり、遺体の損傷は激しく、まだ犯人を特定する手がかりは見つかっていない。ただ」

そこで日岡に気づいたらしく、言葉を切って微笑を浮かべた。

「久しぶり。日岡くん」

捜査員たちの前でいきなり名指しされた日岡は、戸惑い気味に嵯峨を見た。

どういう関係かと、瀬島ら刑事たちが日岡に好奇の目を向ける。

嵯峨は親しげな笑みをわざとらしく日岡に送ると、再び話を続けた。

「実は、ガイ者の親族から有力な情報を得てな。本件は、五十子会の組員らによる犯行とも考えられる」

「五十子会？」

思わず問い返した日岡にすかさず嵯峨が、「心当たりがあるんじゃ？」と畳みかける。

「いや、自分にゃ見当も……」

かぶりを振ると、嵯峨は意味ありげに笑い、また椅子に腰を下ろした。

「ま、餅《もち》は餅屋って言うしな。五十子会周辺の捜査は、日岡くんに担当してもらおうかのう」

……いったい何を企《たくら》んでいるのか。

日岡は返事もせず、不快そうに嵯峨を見つめた。

アスファルトに影が焼けつくかのように暑かった、あの夏。

思い出すたび、日岡の頭の中に、降るような蟬の声がわんわんと鳴り響く。

その夏を締めくくる五十子正平殺害事件があったのは、ちょうど三年前の今頃だった。

現場は、五十子会主催の『広島やっちゃれ会』が開かれた市内の一流ホテル。

その場で五十子の首を獲《と》らせるため、日岡は自ら尾谷組の一派を手引きした。尾谷組の橘らが日岡に対して含むところがあるのは、日岡が「身代わり」自首しようとした若衆でなく、約束を違《たが》えて実行犯の一之瀬にワッパをかけたからだ。

招待客には、昔から五十子と昵懇《じっこん》の間柄の県警上層部がガン首を揃えていた。その中のひとりが、当時県警本部の監察官だった嵯峨だ。嵯峨が例年『やっちゃれ会』に参加していた事実、そして五十子殺害現場のホテルからひそかに逃走した証拠を、日岡は握っている。

――嵯峨は、三年前の意趣返しをするつもりだろうか。

ビルを出たところで日岡が煙草を吸っていると、瀬島が追いかけてきた。

「おう兄ちゃん兄ちゃん、ちいと待ちんさいや」

「なにか？」

「なんじゃ言うて、一応わしらコンビ組めいうことになったんじゃけえ。へへっ、悪《わり》ぃのうこがぁなロートルで」

今どき誰も使わない「老人」の俗語を使って、自分を指さす。

犯罪捜査は、二人一組で行動するのが基本だ。呉原では単独行動を大目に見てもらっているが、こっちではそうもいかないだろう。

「……よろしくお願いします」

　人の好《よ》さそうなジィさんだが、捜査には役立ちそうもない。

　大股《おおまた》で歩きだした日岡に、瀬島が短い脚を忙《せわ》しく動かしてついてくる。

「武勇伝はよう聞いとるんよ。あんたが大上の跡を継いでからヤクザの抗争は見事になくなったんじゃけえ、うちの上層部は呉原に足向けて眠れん言うて――」

　ペラペラとよく回る口を、日岡は遮った。

「わしゃあおしゃべりしに広島まで来たわけじゃないんですよ」

「は？」

「誰かがおらんようになったら、誰かが代わりをせにゃいけん……そんだけのことでしょう」

　駐車禁止の場所に堂々と停めてあったベンツのドアを開ける。

「これ、あんたの!?」

　瀬島が目を丸くした。

「一緒に行かんのんですか？」と運転席に半分身体を入れて訊《き》く。

「やりよるのう呉原のデカは」

　瀬島は愉快そうに笑い、急いで反対側に回ると、「ベンツとは、参ったのう」と言いながら助手席に乗り込んできた。

その日、広島市内の寺で、五十子正平の法事が行われていた。

本堂には所狭しと供花《くげ》が並び、暴力団関係者の参列者も百人はくだらない。

何も五十子に人徳があったからではない。ヤクザ社会では、組織を維持するために人脈がもっとも重要になる。それゆえ、襲名披露や葬儀などの「義理かけ」を大事にする。祝儀や香典名目で多額の金が上納されるため、資金集めという現実的な一面もあった。

僧侶《そうりょ》たちの読経が堂内に朗々と流れる。

祭壇にもっとも近い最前列の上座には、五十子会二代目の角谷洋二と、未亡人になった五十子の妻の環《たまき》が座っていた。ふたりとも、代紋の入った和装の喪服姿だ。

角谷の隣りには、広島仁正会会長で綿船《わたふね》組組長の綿船陽三《ようぞう》。今年、古希を迎えた。

その隣りには、広島仁正会理事長の溝口明《みぞぐちあきら》など、仁正会の幹部たちがずらりと顔を揃えている。溝口は綿船組の若頭で、角谷よりふたつ年上の五十八歳。がっちりした体軀《たいく》といかつい顔が貫禄《かんろく》を加えていた。

そろそろお経も終わりに近づく頃、突然、喪服姿の上林が現れた。焼香台に飾ってある五十子の遺影に向かって、まっすぐ歩いていく。

「おお、シゲ」

角谷がしらじらしく名前を呼ぶ。

代替わりした組で徐々に居場所を失くしていた環のほうは、亡夫の子飼いの帰還に喜色を隠せない。

焼香を済ませた上林が隣りに着席すると、

「あんた見てや、シゲが、やっとシゲが帰ってきてくれたんよ！」

本堂に響き渡るような大声で言い、五十子の遺影ににじり寄っていく。

「あんたぁ……よかったねあんたあんた！」

自分の存在を誇示するように嗚咽《おえつ》する。

環の小芝居を、角谷はもちろん、ほかの面々も鼻白んだ様子で見ていた。

法事が終わり、寺の広間で綿船と溝口、そして角谷がテーブルを囲んでいた。

ボディーガードの組員たちが部屋の四隅に立ち、別の座卓では、仁正会の直参の組長らが酒を酌み交わしている。

つまらなそうにペットの小型犬《シーズー》を撫《な》でている女は、角谷より二回り以上歳下の台湾人妻、華英だ。外国人パブで角谷に見初められ、つい最近、前妻を追い出して後釜《あとがま》に座った。

「五十子が死んでしもうてもう三年か」

「早いのう」

綿船たちが話している。単なる雑談で、故人を偲《しの》んでいるわけではない。同じ仁正会傘下で勢いのあった五十子正平は、綿船や溝口にとって目障りな存在だった。二代目に収まった角谷に至っては、五十子の死は棚からぼた餅のようなものである。

そこへ、上林が入ってきた。

瞬間、一同に微妙な表情が浮かぶ。

「……おうおうおう、座れ座れ」

空気を変えるように綿船が愛想よく勧め、上林は空いていた椅子に腰を下ろした。

「顔色もええし、達者そうで安心したわ。しばらくゆっくりすりゃええ。五十子の看板はちゃぁんと二代目が守っとったんじゃけえ」

得意のリップサービスで上林をねぎらい、かつ角谷の顔を立てることも忘れない。

角谷が殊勝な面持ちで綿船に頭を下げる一方、上林は薄笑いを浮かべた。

「まあ、ほうも言うとらりゃせんですわ、落とし前はちゃんとつけませんと」

そのひと言に、場の空気が張り詰める。

「……落とし前？　どういう話ね？」

溝口が苦い顔で問うと、上林は愚問だと言わんばかりに眉《まゆ》を上げた。

「尾谷を、潰《つぶ》すいうことです」

暴力団には血のバランスシートという不文律がある。誰かが殺されれば同等の敵を殺害する、いわば命の等価交換だ。

こっちはオヤジを殺《や》られたのだから、尾谷組の外道どもを全員ぶち殺しても足りないというのが、上林の道理だろう。一之瀬が同じ刑務所に入ってきたら、間違いなく殺っていたはずだ。だが抗争のあった組同士の暴力団員が、同じ塀の中に入れられることはない。

角谷は小さく舌打ちして言った。

「すんません、このアホまだムショ呆《ぼ》けしとるようで」

片手に煙草をくゆらせながら、綿船が上林に向き直る。

「のう上林、もう昭和は終わったんじゃ。わしらチャカじゃのうてビジネスで闘っとるんじゃなぁの。抗争なんぞしとる暇があったら、公文《くもん》でも行って算盤《そろばん》でも勉強してこいや」

綿船の軽口に、溝口と角谷が声を立てて笑う。中卒で、小学校もロクに通っていない上林を揶揄《やゆ》しているのだ。

苛立《いらだ》ちを殺して上林も笑む。

「ほんでも会長」

「聞こえんのんかいわりゃ！　尾谷とはもう手打ちが済んどる言うとんのじゃ！」

そこらのチンピラを怒鳴りつけるように、溝口の濁声《だみごえ》が上林を遮った。

上林は笑顔を消した。溝口を見る目に殺気が漂う。

不穏な空気を察知した綿船が、やんわりと間に入った。

「ここにおる溝口や二代目がのう、それこそ血の滲《にじ》むような努力で尾谷と手打ちをしてくれたんで？」

「わしの監督不行き届きです」

角谷が背筋を正して頭《こうべ》を垂れる。まるでしつけの行き届いた綿船の飼い犬だ。

やれやれというように、綿船はフーッと息を吐いた。腕には一千万近い金無垢《きんむく》の時計が、指には十八金の印台リングがギラギラ光っている。

「ま、放免祝いに広島で一番儲《もう》かっとるビジネスマン紹介しちゃるけえ、そこで汗流してこいや。のう」

――いつから暴力団は職業斡旋《あっせん》所になり下がったのか。

上林は奥歯を嚙《か》み締め、無言で席を蹴《け》った。

「おいおいおい。おい！」

わめき立てる綿船を無視して、部屋を出ていく。

「あのガキゃあ……」

溝口が吐き捨てる。

綿船に平謝りしている角谷の声を背中で聞きながら、上林は廊下に出た。

怒りを堪《こら》えて歩いていくと、環が廊下の隅にぽつんと座って煙草を吸っていた。

「……惨めなもんじゃろう、どいつもこいつも牙《きば》抜かれてしもうて」

広間の話が聞こえていたらしい。

環は立ち上がり、吸いさしの煙草を外に投げ捨てた。

「金儲けのことしか考えとらんのよ」

広間を振り返ると、三人は額を突き合わせるようにして何事か相談していた。どこそのビルがどうの、八億がどうのと途切れ途切れに聞こえてくる。

「ソンホ」

上林は環のほうを向いた。本名を呼ばれるのは、何年ぶりだろう。

「うちはあんたを三年も待っとったんよ」

上林を見据えて近づいてくる。

「……早《はよ》うお父ちゃん、成仏させてやりたいんよ」

そう言うと、環は顔を強《こわ》ばらせている上林の腕にしなだれかかってきた。

人通りの多い街中であれば、もしかしたら最悪の事態は防げたかもしれない。

だが『かんばらピアノ教室』は、古くからある家々が並ぶ、静かな通りの一角にあった。

「……証拠が、あるわけじゃないんです」

被害者の兄の神原憲一《けんいち》は台所の食卓に座り、憔悴《しょうすい》した様子で言った。

「ただ、上林なら、やりかねんかと……」

神原は、上林が収監されていた徳島刑務所の主任看守をしている。嵯峨の言った、「有力な情報を提供したガイ者の親族」だ。

台所続きの茶の間に、事情聴取にきた日岡と瀬島が座る。

家族の生活の匂いが染みついているような、庶民的な家だった。

殺人現場になったピアノ教室は、茶の間の隣りにある。もともと和室だったのを、防音室に改装したらしかった。

「ほいじゃけど、ムショに確認したら素行は模範囚じゃったって」

瀬島が怪《け》訝《げん》そうに言うと、意外な答えが返ってきた。

「いえ……奴は入所から出所まで、ずっと懲罰房に……」

「懲罰房？」

日岡が眉を寄せる。実際は単独室というが、刑務所によって呼称はさまざまだ。

神原はうなずき、少々言い訳がましく続けた。

「手当たり次第に喧嘩《けんか》ふっかけるけえ、ある程度こっちも、力で押さえつけざるを得んような状況でして……」

ことに五十子正平殺害を知った上林の暴れ方は尋常でなく、吠《ほ》えるわ嚙みつくわ、まるで獣だった。

刑務官が数人がかりでようやく組み伏せ、懲罰房にぶち込んだという。

刑務所での出来事を思い出し、神原が顔を歪《ゆが》める。

数日経って神原が様子を見にいくと、上林は糞尿《ふんにょう》が垂れ流しになったコンクリートの床の上に、うつ伏せに横たわっていた。

あまりに上林が狂暴なので、実力行使が行き過ぎたところもあったかもしれない。

上林の汗や垢《あか》と、散らばった残飯の饐《す》えたような臭いが入り混じって、鼻がひん曲がるような異臭がする。

神原は、上林を起こして座らせるよう部下に指示した。

「のう上林、クソまみれじゃわれも恰好《かっこう》つかんじゃろ。ええ加減ルールくらい覚えたらどうじゃ。あ？」

懲罰房に数日入れば、たいていの者は音を上げる。神原は高を括《くく》っていた。

「……神原さん、あんたぁ家族は広島じゃぁそうじゃのう」

血の混じった涎《よだれ》を垂れ流しながら、上林はうなだれていた頭を上げた。

「あ？」

「わしゃあんたの顔死んでも忘れんけえのう……あんたも、あんたの家族も、全員血祭りに上げちゃるわい！」

カッと目を剝《む》き、いきなり神原に頭突きを食らわせてきた。

不意を打たれて、防ぐ間もない。神原は鼻から血を噴き、したたかに尻《しり》を打ちつけた。

「……ふざけんなぁこんのガキャ！」

頭に血が昇り、起き上がりざま思いきり上林を殴りつけた。

鼻骨の砕けた手応《てごた》えがあった。

「もっとやれや、おう⁉　わしを殺さんかぎり、おどれは平穏無事に生きとらりゃぁせんのじゃあ！」

しかし大人しくなるどころか、上林は血まみれの顔で挑発してくる。

神原はますます逆上した。

「黙れっ！　黙れぇやクソがっ！」

馬乗りになり、何度も殴りつける。

まるでそれを楽しむかのように、上林はいつまでも笑っていた——。

「いったい、どうすりゃあがいな人間が生まれるんか……」

神原の視線が落ち着きなく揺れる。

「わしらみな、早《はよ》うに厄介払いしたかったんです……ほいじゃけえ、模範囚いう建前にして……」

日岡は瀬島と顔を見合わせた。

上林の本性を知るのは、現場にいる刑務官たちだけだった。そういう事情があるから、上林から脅されていても、警察にパトロール強化を依頼することができない。

だが、まさか出所したその日のうちに妹が無惨に殺されるとは、神原も夢にも思わなかったろう。

ちょうど家を留守にしていた母親は、ショックで入院したという。

日岡が背後を振り返ると、主を失ったグランドピアノが寂しそうに佇《たたず》んでいた。

ベランダから、広島の湾岸地区が一望の下に俯瞰《ふかん》できた。

林立する高層ビルが、景気のよさを物語っている。

その一方、ヒートアイランド現象で残暑が耐えがたい。

その中で、上林の嗅覚《きゅうかく》と触覚が、湿った風をつかまえた。

もうすぐ台風が来るようだ。

「会長から話は聞いちょりますわ」

部屋の中から、男にしてはカン高い声が上林に話しかけてきた。

「上林の兄貴が放免になったけえ、なんかシノギを恵んでやっちょくれぇ言うて」

権高な口調に、上林は冷笑した。

上林は舎弟たちを引き連れ、高層ビルの最上階にある『パールエンタープライズ』のオフィスに来ていた。

サングラスを外しながら部屋の中に入っていく。

「……仁正会の金庫番じゃぁ聞いたけぇ、どがぁなやり手か思うたら、まさか加古村の褌《ふんどし》担ぎとはのぅ」

社長の吉田滋《よしだしげる》は、昔からよく知る男だった。歴史に名を残した同姓同名の破天荒な首相とは似ても似つかぬ、薄っぺらな小物だ。

応接セットの椅子に腰を下ろす。隣りには、佐伯が座っている。

『パールエンタープライズ』は、建設・土木業と不動産業を手掛けているという。社名を刻んだ壁のレリーフや真珠をかたどったオブジェは、安っぽいラブホテルの内装を思わせる。つくづく真珠の好きな男だ。金にあかせて手当たり次第集めたのだろう、ほかにも東洋の壺《つぼ》や白木の五重塔がごたごたと飾ってあった。

だがいちばん趣味が悪いのは、吉田の馬鹿げたスーツにほかならない。企業の社長というより、売れない芸人といったほうがしっくりくる。

「わりゃ、サツにチンコロして破門になったんじゃなあんか。あ？」

三年前、吉田は大上に拷問を受け、当時大上らが追っていた殺害事件に加古村組が関与したことを吐かされた。

が、そんな過去などなかったかのように吉田は哄笑《こうしょう》し、両方の薬指に金の印台リングをはめた、小指のない両手を見せた。

「このとおり綺麗《きれい》さっぱり足洗《あろ》うて、ビジネスで一からやり直しましてのう。おかげさんで今じゃ、お国の公共事業まで動かせるようになりましたわ」

煙草をふかしながら応接セットに移動してくると、ソファに大股《おおまた》を広げて座った。

そこへ、短いスカートをはいた若い女性秘書がコーヒーを運んできた。

中腰になり、テーブルにカップを置く。

吉田は張り出した秘書の尻を下卑た目で見ていたかと思うと、いきなり短いスカートの中に手を突っ込んだ。

「おりゃあ！」

「キャ！」

「アホ！　会社におる時はパンツ脱いじょけぇ言うたじゃろ」

女に騙《だま》されて痛い目に遭ったくせに、女好きは今も治っていないようだ。

大上にナイフで抉《えぐ》り出された真珠を、懲りもせずまた男性器に埋め込んでいるのかもしれない。

「……はい。すいません社長」

秘書はぎゅっと唇を噛《か》み、部屋を出ていった。

「おう、そういやぁ今度、五十子会の本部の上にごっつい高層ビル建てちゃろう思うちょるんですわ」

吉田は得意満面で言い、怪しげな強壮剤を口の中にザラザラ流し込む。

「兄貴には、地上げでも手《て》伝《つど》うてもらおうかのう」

いい気になってふんぞり返った次の瞬間、吉田がテーブルに戻した強壮剤の瓶が吹っ飛んだ。

上林が蹴《け》り飛ばしたのだ。

「……わりゃ、オヤジの生まれた家をぶち壊そう言うんか？」

酷薄そのものの笑みを浮かべる。

吉田の態度が、虎から狐に一変した。

「二代目とは、もう話がついちょるんですわ」

ほとんど消え入るような声で、やっと言い返す。

薄い笑みを顔に張りつかせたまま上林はしばらく吉田を見つめていたが、ふいに声をあげて笑いだした。

人から蔑《さげす》まれているのも知らず、思い上がって得意になっていることを「タコの糞《くそ》で頭に上がる」というが、今の吉田はまさにタコだ。ちょうど手の指も八本で、上林は笑いが止まらない。いや、タコなど吉田にはもったいない。ゴキブリで十分だ。

最初は面食らっていた吉田も、可笑《おか》しそうに笑い続ける上林につられて、ためらいながら笑い始めた。

流川《ながれかわ》は広島市、いや中国四国地方で最大の歓楽街である。

縦横にコの字を描く数本の通りには、飲食店や風俗店が建ち並ぶ。

日岡は、人々で賑《にぎ》わう通りを横切り、とある会員制ラウンジにやってきた。

「あ、日岡さん」

店の前にいた見張り役が会釈し、「こちらです」とドアを開ける。

日岡は周囲をさりげなく窺《うかが》い、中に入った。

高い天井には、クリスタルのシャンデリアがきらめいている。店内は全体的にクラシックな内装で、重厚感のあるテーブルや布張りのソファ、そしてグランドピアノの生演奏が高級感を醸し出す。

その奥まった席で、ふたりの男が日岡を待っていた。

「溝口さんも角谷さんも、お久しぶりですねえ」

ママ自ら、濃いサングラスをかけた仁正会幹部と五十子会のトップを接客する。

「ビジネスが忙しゅうて、流川にもなかなか来れんのじゃ」

きれいどころのホステスに挟まれて、溝口は機嫌よく言った。

日岡が飼っているエスは、チンタのような下っ端ばかりではない。

領収書のない情報提供者との飲食費や謝礼は、刑事が自腹を切る。組織の内部情報を得るためにはやむを得ないとはいえ、出費は馬鹿にならない。

幸い今夜は、懐に尾谷組から渡された現金入りの封筒がある。

これも、大上に学んだやり方だ。

「ほんで、どうなんよ日岡くん。県警本部でのお勤めは」

ママが訊《き》く。日岡も馴染《なじ》み客のひとり――いや得意客か。

「転校生みとうな気分ですのう。みな、わしがけつまずくんを待っとりますけえ、意地でも結果出しちゃろう思うとります」

煙草をくわえた日岡に、ママがライターで火をかざす。

美貌《びぼう》、機転、口の堅さ。流川のネオン街でナンバーワンのやり手ママだ。

「任しとき。上林のド阿呆《あほう》パクるためなら、わしらなんぼでも協力しちゃるわい」

のう兄弟、と溝口がホステスを挟んで角谷を見る。

「当たり前じゃあ。せっかくわしらが手打ちしたんが、あがぁながんぼのせいで元の木阿弥《もくあみ》じゃつまらんじゃろう」

がんぼ、とは広島弁で乱暴者を指す。

日岡は「善処します」と小さく笑った。

上林の件では利害が一致しただけで、溝口も角谷も、腹の中では何を考えているか知れたものではない。綿船の狸親父にしろ、いつ右腕の溝口に寝首を掻《か》かれるか怯《おび》えているのではないか。

今のヤクザ社会では、親子や兄弟の契りなど砂上の楼閣のようにもろい。日岡が見てきたかぎり、仁義や義理とは無縁だ。現に、一応は身内である上林を平気で警察に売ろうとしている。それを考えれば、五十子に忠義を尽くしている上林は、絶滅しつつある昔気質《かたぎ》のヤクザと言えなくもない。

「それよりのう日岡さん。あのアホが最初にパクられたんは中学ん時なんじゃが、なんしたか知っちょるか？」

角谷が言った。

「……たしか、殺しじゃ？　チンピラと喧嘩《けんか》でも？」

広島の暴力団員のデータは、大上から「さすが広大出の学士様」としょっちゅうからかわれた頭の中に叩《たた》き込んである。

「いんや。血ぃ分けた両親を滅多刺ししよったんよ」

中学生で親殺しとは、がんぼなどという生易しいものではない。

「目ん玉までくり抜いたいう話じゃ」

溝口が付け加える。

瞬間、日岡の動きが止まった。

「怖いわぁ～」

ホステスたちは身をすくませている。

日岡の脳裏には、神原千晶の遺体写真が浮かんでいた。上林ならやりかねない――

神原の言葉が、じわじわと確信を帯びていく。

「頭に血が昇りゃ見境がなくなるけえ、うちのオヤジが首に縄つけちょったんじゃ。もうそのオヤジがおらんのじゃけえ、ムショにぶち込んでもらわんと道理に合わんのよ」

角谷にとっては、目の上の瘤《こぶ》以外の何物でもないらしい。しかも、厄介で特大の瘤だ。

その時、溝口の携帯電話が鳴った。

「おうわしじゃ……おう、ほうか……わかった、すぐ行くわ」

通話を切って、上着の内ポケットに携帯をしまう。

「なんね、まだ宵の口じゃなぁか」

引き止めるように、角谷がウィスキーのグラスを揺らす。

溝口は肩をすくめ、「会長がお呼びじゃ」と席を立った。

流川から車で十五分ほどで、溝口は広島仁正会本部ビルに到着した。

壁のニッチに甲冑《かっちゅう》が飾ってある廊下を、急ぎ足で行く。

「ご苦労様です！」

ドミノ倒しのように組員たちが次々と頭を下げる中、見晴らしのいい応接室を通り抜けて、最奥にある和洋折衷の豪華な会長室に入った。

奥に祀《まつ》られた代紋を背に、綿船が両脇に気に入りの女をはべらせ、応接セットに座っていた。

綿船の左側には、上林と吉田が座っている。

「会長、えらい遅うなりまして」

言いながら、溝口は空いている反対側の椅子に座った。

「おう」

綿船は不機嫌そうに煙草を吸っている。

「……どうしたんです？」

「どうもこうもあるか。ここにおる吉田社長が、上林にパールエンタ譲る言い出しよったんじゃ」

苦虫を噛み潰《つぶ》したような顔で言う。

「は？」

吉田の顔は青ざめ、憔悴《しょうすい》しきっている様子だ。その横で、上林は黙ってハイライトの箱を弄《もてあそ》んでいる。

溝口は、眉《まゆ》を寄せて吉田のほうへ身を乗り出した。

「社長、なんの冗談です？」

「冗談じゃなあですよ……わしゃ上林さんのこと、昔から兄貴じゃ思うて慕っちょりましたんで……会社立ち上げたときから、兄貴に譲るつもりじゃったんです」

よくよく見れば、吉田は両方の手に包帯を巻いている。薬指のあった場所には血が滲《にじ》み、いつもそこにはめていた指輪は、人差し指に主を変えていた。

溝口は合点した。指を二本落とされ、泣きを入れたらしい。

「まー、そういうことになりましたけえ、今後ともよろしゅう」

上林はしゃあしゃあと言い、席を立って部屋を出ていこうとする。

「待たんかいわりゃ！」

「……なんですの？」

溝口は立ち上がり、悠然と構えている上林と差し向かいになった。

「わりゃ、じなくそ（でたらめ）たれとったらいけんで。パールエンタは国や県相手にビジネスしとる会社じゃなあの」

「ほうじゃほうじゃ！　われにビジネスがわかるんか！」

綿船が便乗してわめき立てる。

上林は、煩わしそうに顔をしかめた。

「……猿のセンズリみとうにビジネスビジネスうるさいのう」

「ああ？」

「わしら、しょせんはそこらに転がっとる石っころでしょうが。石っころが見栄《みえ》張っても、ケツが赤いんはすぐにバレるん違いますか？」

カッとなった溝口が上林の胸倉をつかむ。

「おう上林！　会長はのう、ケチなシノギしかなあおんどれが惨めじゃけえ、吉田社長を紹介してくださったんじゃ。その恩に小便ぶっかけるような真似しくさって、生きて帰れる思うとるんか！」

「……ほんなら殺してくれんね」

溝口と対峙《たいじ》する上林の目が、剣呑《けんのん》な光を帯びた。

「なんじゃ？」

「殺してみい言うとるんじゃ！」

乱暴に溝口の腕を振り払う。

「広島仁正会の屋台骨を支えとったんは誰じゃい！　五十子のオヤジじゃなあか。あ？」

上林は溝口から視線を外し、ビクビクして女の手を握り締めている綿船に歩み寄った。我が物顔で会長の椅子に収まっているが、綿船など立ち回りがうまいだけの腰抜けではないか。

「そのオヤジが死んだら、これ幸いと組乗っ取ってビジネスマン気取りかいの。泥棒猫が厚かましいのう！」

面罵《めんば》された綿船は、怒りのあまり口をパクパクさせている。泥棒猫というより、まるで酸欠の金魚だ。

「わりゃ誰に向かって口を」

割って入ろうとした溝口を無視して、上林は肚《はら》の底から吐き捨てた。

「挙げ句によう恥ずかしげもなく尾谷と手ぇ組めたもんじゃ。おどれらにゃ仁義もクソもないんかい！」

「仁義じゃあ？　わりゃムショにおって日本語も忘れたんか！」

破《わ》れ鐘のような大声で溝口が怒鳴る。

「己が仁義通すんは、会長に対してじゃろうが！」

「ああ？」

上林は短い笑い声をあげ、綿船の鼻先に人差し指を突きつけた。

「わしゃこのおっさんを親じゃ思うたことはないで」

「おっさん⁉」

鼻の穴が膨らんだ綿船の顔を、正面からねめつける。

「わしの親は五十子正平——ただひとりじゃ」

「こんガキャア！」

堪忍袋の緒が切れた溝口が、上林の襟首をつかんで殴りつけた。

「チャカ貸せ！」

そばにいた組員に怒鳴る。

一瞬の出来事だった。カウンターに倒れ込んだ上林がアイスペールに刺してあったアイスピックを握り、振り向きざま溝口のこめかみに突き立てた。

声も立てずに溝口が綿船の上に倒れ込む。

溝口は目を見開いたまま、マネキン人形のように微動だにしない。

絶命していた。

「あああああああ！」

綿船が情けない悲鳴をあげ、ほうほうの体《てい》で溝口の死体の下から逃げ出していく。

女はともかく、上林を取り押さえるべき組員たちまですくんでしまっている。肝っ玉の小さいトップに見合った、腑抜《ふぬ》けの雑魚《ざこ》どもだ。

「なんならあ。さっきの威勢はどがぁしたんじゃ」

上林は血のついた手をナプキンで拭《ぬぐ》いながら、物言わぬ溝口の遺体に言った。

ナプキンを投げ捨て、椅子で腰を抜かしている綿船に向き直る。そのとたん、綿船のズボンに黒いシミが広がった。小便を漏らしたのだ。

これが広島のヤクザたちの頭とは。溝口がいなくなれば、仁正会など烏《う》合《ごう》の衆に過ぎない。

「吉田、来い」

「は、はい」

上林は吉田を連れ、部屋をあとにした。

*

上林のアジトは、とある雑居ビルの一室にあった。

日岡は、そのドアを乱暴にノックした。

ドアが開き、煙草をくわえた二十代半ばのチンピラが顔を出す。

「……なんじゃいおどれら」

日岡の頭の中で、男がリストアップされる。戸倉毅《たけし》。上林の舎弟のひとりだ。

「警察じゃ」

「ポリがなんの用じゃい！」

目の瞳孔《どうこう》が開き、血走っている。最低限の脳活動しかしていなさそうな下っ端に用はない。

「どけ」

日岡は戸倉を押しのけ、中に入っていった。

その後ろを、瀬島がちょこちょこついてくる。

「なんじゃわれ！」

部屋には煙草の煙が立ち込め、数人の男たちがいた。

続きの部屋に佐伯が、その奥の部屋に上林がいる。

「おい、なんの騒ぎじゃ」

上林は血の色をした赤いシャツを羽織り、胸と腹の彫り物を見せつけるように前をはだけていた。

「呉原東署の日岡いうもんじゃ。あんたが上林か？」

外したサングラスを胸ポケットに入れながら言った。

「呉原東じゃあ？」

上林の薄い眉《まゆ》が、不快そうにぴくりと動く。

「……尾谷の犬が、なんの用じゃ」

「豊江町のピアノ教室で起きた事件を捜査しとるんじゃがのう、近くであんたを見たいう証言があったんじゃ」

はったりをかます日岡を、瀬島が驚いて見る。

「令状は？」

「なあ」

「じゃったら出直せぇや」

話は終わりだと言わんばかりに、また奥のソファに戻っていく。

日岡も動いた。

「待て」

立ちはだかった佐伯を強引にどかすと、上林のいる奥の部屋に向かう。

その部屋に隣接する形で、もうひとつ、窓のない小さな部屋があった。

「ありゃりゃりゃりゃりゃ」

年若いチンピラがふたり、テーブルで覚せい剤を小分けにしたパケを仕込んでいた。

「最近の極道はカゼ薬でも売って商売しよるんか、おう？　こりゃ家宅捜索すりゃ、もっとお宝が出てきそうじゃのう」

パケをつかんで、上にパッと放り投げる。白い粉が宙に散った。

「わりゃなんじゃい！」

向かってきたチンピラの腕を捻《ねじ》り上げて床に転がすと、日岡はおもむろに椅子に座った。

「事件の被害者遺族を聴取したら、あんたのことよう知っとってのう。徳島刑務所の神原いう看守じゃ」

「……おお～……」

上林の表情が冷酷さを増した。

「看守の神原さんいうたら、ムショで世話になった大恩人じゃけ。出所したその足で妹さんに挨拶《あいさつ》させてもろうたわ」

「出所日は九月十五日。間違いないの？」

「わしらみとうな人間にわざわざお茶まで出してくれてのう、えらい別嬪《べっぴん》さんの妹さんで驚いたわい」

笑いながら、ぬけぬけと言う。

日岡は、その顔を無言で凝視した。なるほど、噂どおりの鬼畜だ。

佐伯たちは下衆《げす》な笑いを漏らしている。普通の人間なら吐き気を催すような上林の非道さにも、同じ畜生どもは惹《ひ》かれるのだろう。

「……ほいじゃあ昨日の夜は？　どこにおった」

「昨日？」

上林が立ち上がり、日岡の近くのソファに移動してきた。

「なんね。ピアノ教室の捜査じゃないんね」

言いつつ身を乗り出してくる。

日岡は、愛想よく笑んだ。

「ええけぇ、聞かせてくれや。ちぃと行方不明になった知り合いがおってのう」

「ゆうべはわしら、ここで宴会じゃったわのう？」

上林が佐伯に振る。

「へえ、流川のネエちゃん呼んで乱交パーテーしとったんですわ。あ、今度、刑事さんもどがぁですか？」

あからさまな挑発を、瀬島は古参の刑事らしく「遠慮しとくわ、公務員じゃけぇ」といなした。

上林が日岡にガンを垂れる。

敵意を通り越して、殺意すら感じる視線だ。

日岡は無表情のまま上林を見つめ返していたが、ふいに「ほうか」と相好を崩した。

「邪魔したのう」

軽い調子で言い、立ち上がる。ケチな余罪で逮捕したりはしない。目をつぶることで優位に立つのが、マル暴のやり方だ。

それに、ピアノ講師だけでなく、上林が広島仁正会のナンバー2を殺害する暴挙に出たという確信も得た。

日岡がシッポを巻いたと思ったのか、上林はにやにやしている。

「おい兄ちゃん。接客の時くらい薬抜いとけや」

日岡は戸倉の頰をペチペチ叩《たた》き、瀬島と一緒に出口へ向かった。

「そういや、ムショで聞いたんじゃがのう」

上林の声に、日岡は足を止めた。

野球雑誌に目を落としながら、上林がさりげなく言う。

「うちのオヤジが呉原で殺《や》られたんは、裏で東署のデカが糸引いちょったいう話じゃ」

顔色ひとつ変えず、日岡はしらじらしい薄笑いを浮かべた。

「ほうなんか。初耳じゃあ」

「ほうね！」

上林が顔を上げて日岡を睨《にら》み、一度牽制してから、また雑誌に目をやる。

「なら東署に戻ったら、同僚の皆さんに伝えといてくれや……わしゃ必ずそのデカ見つけ出して、地獄見せちゃるけ」

日岡は鼻で笑った。

「わりゃまたムショに戻りたいんか？」

「パクられりゃ次は網走じゃ。おお、網走にゃオヤジを殺った一之瀬がおったのう！息の根止めるチャンスじゃわい」

ピクニックの計画でも話しているかのように、楽しげに話す。

日岡は顔に笑みを残したまま、何も言わずに部屋を出た。

日岡の推測どおり、溝口は後日、死体となって発見された。ただしその死は、飛び降り自殺として処理された。頭部は、棒で割ったスイカのようにぐちゃぐちゃに潰れていたという。

上林の犯行を隠蔽《いんぺい》したのは、会長の綿船自身だ。

広島県警と手を組むことで影響力を強めていた溝口に、綿船は以前から危機感を募らせていた。隙あらば溝口を排除したいとひそかに考えていた綿船にとって、上林による溝口殺害は渡りに船だったのである。
溝口の棺《ひつぎ》にすがりついて涙を流す綿船の姿は、猿芝居そのものだった。

地下に続く階段は、昼間でも薄暗い。
日岡は階段を降り、カビくさい留置所の前でしゃがみ込んだ。
壁に背中を預け、所在なげにしていたチンタが、鉄格子の向こうで顔を上げた。
「お、ひーさん」
「ちぃと頼みがあるんじゃ」
しばらくチンタと話し込んだあと、日岡は自分の車を駐車してある署の裏手に出た。
ほとんど誰も来ないので、目立つ車を停めるのに好都合なのだ。
ドアを開けて運転席に乗り込もうとした時、ふと視線を感じた。
すばやく周囲に目を走らせる。
だが、どこにも人影はない。
気のせいだったか——日岡はサングラスをかけ、白いベンツに乗り込んだ。
その姿を追う望遠カメラが、立て続けにシャッターを切った。

『二代目五十子会本部』の看板を掲げた豪邸は、街の喧騒《けんそう》から少し外れた静かな立地にあった。

要塞《ようさい》のようなその門前に、上林が舎弟たちを連れて現れた。

上林は、ベージュ色のダブルスーツに濃い紫のシャツを着込んでいる。佐伯や戸倉も、それぞれ派手な色のスーツで身を固めていた。

上林一党は覚せい剤で荒稼ぎする一方、借金のカタにはめて女を風俗に沈めるなどしてシノギを増やし、あっという間に羽振りを利かせていた。

「ご苦労さんです！」

シキテン——見張りの組員たちが、頭を下げて一行を迎え入れる。

広い庭を抜け、階段を上がっていく。

「ご苦労さまです」

玄関番の組員が、玄関のドアをさっと開ける。

家の中にも、あちこちに顔なじみの組員が配置されていた。

上林を先頭にリビングに入っていくと、角谷は、大きなケージの中にいる二頭のドーベルマンに肉の塊を与えているところだった。

「おうシゲ、よう来たのう」

ずいぶんと愛想がいい。

「人間用の肉もあるけ。まあ座れや」

上林の肩を叩き、八人掛けのアンティークなダイニングテーブルに促す。

席にはすでに、妻の華英がシーズーを膝《ひざ》に抱いて座っていた。

溝口が死んで芋を引いたか、角谷は上林を敵に回すのでなく、懐柔するほうへ方向転換したらしい。

「うまそうに食いよりますのう」

椅子に座りながら、上林は浮き彫りの施された立派な犬のケージを見やった。

満腹中枢の鈍い犬どもは、餓鬼のようにガツガツと肉に食らいついている。

「マニラ産の極上のワニ肉じゃあ」

「最後の晩餐《ばんさん》じゃなあの」

意味を測りかねた角谷が「あ？」と眉《まゆ》を寄せる。

その一方、戸倉が心得顔で、上着の内ポケットから拳銃《けんじゅう》を取り出した。

「ひっ！」

本物を初めて見たのか、華英が青ざめて息を呑《の》む。

「ほれ、さっさと歩け！」

上林のほかの舎弟たちが、角谷の子分連中に銃を突きつけて入ってきた。

戸倉が舌なめずりして、ケージの中に銃口を向ける。

パン、パン。

立て続けに銃声が響き、二頭のドーベルマンがキャンとカン高く鳴いて横たわった。

体を痙攣《けいれん》させているが、命が果てるのは時間の問題だろう。

「なんじゃ⁉」

角谷が顔色を変えた。

「（なんで殺すの⁉　神様この子は助けて！）」

華英は中国語で金切り声をあげ、我が子を守るようにシーズーを抱き締める。

上林は冷笑した。犬の最期としては本望ではないか。ご馳《ち》走《そう》を食べながら死に、これ以上、飢えや渇きに翻弄《ほんろう》されることはない。

「上林！　なんじゃあおらぁ！」

恐慌をきたしている角谷を、佐伯が「黙っとれ！」と怒鳴りつける。

上林は満足そうな笑みを浮かべ、テーブルに用意されていたステーキ肉を悠々と頬張った。

復讐《ふくしゅう》の幕が、切って落とされたのだ。

スタンド『華《はな》』は、カウンター席とボックス席がふたつの、こぢんまりしたバーだ。

売り上げの八割は、全体のたった二割の常連客が落としてくれる。店を回していくためにはリピーターの獲得は必須《ひっす》で、ママの腕の見せ所でもある。

『華』のような小規模なバーの持ち味は、家庭に帰ってくるような安心感と、ふらりと立ち寄りたくなる居心地のよさだ。

ホステスは容姿の美しさより、気遣いのできる落ち着いた子を優先して選んだ。

フードメニューは、高級な店では出さないような庶民的な料理も提供する。

また、客と適度な距離感を保つことにも気を配った。

真緒に水商売の才覚があったのだろう、入れ替わりの激しい繁華街で、『華』は大きなトラブルもなく、なんとか生き残っていた。

今夜は、地元で食品会社を経営している常連の社長が新規の客を数人連れてきてくれ、話し上手の真緒が接客に入って場を盛り上げていた。

「いらっしゃいませー」

ドアベルが鳴り、カウンターの中でお酒を作っているアカネの明るい声がした。

入り口を振り向いた真緒はハッとした。

留置場に入っているはずのチンタが、きまり悪そうな顔で立っている。

「すみません」

社長と客に謝り、急いでチンタに走り寄る。

「あんた、なんしょーるん!?」

「……腹減ったわー、姉ちゃん」

「はぁ？」

呆《あき》れていると、チンタはさっさとカウンターに行き、脚の長いスツールに座った。

「アカネちゃん、オレンジジュース」

「はいはい」

「と、焼きそば」

勝手におしぼりを取って、手を拭《ふ》いている。

まったくこの子は……真緒は弟の後ろ頭を思いきりはたいた。

「アホ！」

叩《たた》かれた頭をさすりながら、チンタがニヤッと笑う。

どうしようもない弟でも、顔を見れば安堵《あんど》と愛《いと》おしさが込み上げてくる。

真緒の怒った顔が徐々にやわらぎ、ついには負けたように笑顔になった。

客が帰ったボックス席に移動したチンタは、焼きそばをもりもり掻《か》き込みながら、手の空いたホステスのひとりと話している。

「なにしとったん？」

「ムショじゃ、ムショ」

「ムショ⁉」

人懐っこいママの弟は、店の女の子たちのマスコット的存在でもあるのだ。

カウンター席でウィスキーを飲みながらチンタを見ていた日岡は、小さく笑って顔を正面に戻した。

「今月分じゃ」

上着の内ポケットから封筒を出して、テーブルの上に置く。

カウンターの内側に立った真緒が、封筒を手に取った。中を確かめると、上目遣いにチラッと日岡を見る。

「多すぎん？」

「ん？　家賃が上がった言うとったじゃろが」

そう言って、煙草をくゆらす。

男が気前のいい時は、高確率で後ろめたいことがある時だ。

「……ずいぶん優しいねぇ。またチンタに仕事さすん？」

日岡の目が泳いだ。

返事がないのは、肯定と同じだ。真緒は、目を合わせられない日岡に、わざと顔を近づけて言った。

「わっかりやすいね、ほんま」

「もういっぺんだけじゃ……ほんまにこれで最後にするけ」

ぼそぼそと小声で言い、ウィスキーを真緒のグラスに注ぐ。

真緒は、食事を終えて、楽しそうに酒を飲んでいるチンタのほうへ目を向けた。

「いつまで信じとりゃあええんじゃろ……」

呟《つぶや》くように転がり出た本音を、日岡が「ん？」と訊《き》き返す。

もう一度だけ——真緒は笑って首を振り、グラスに口をつけた。

＊

日岡と瀬島は、県警本部の鑑識課に来ていた。

「これで全部です」

長テーブルの上に、事件現場の写真や押収品などの証拠物件が並べられた。

「たしかに、現場から上林の指紋は見つかってますわ」

鑑識の沢渡《さわたり》が、書類を手に言った。

「ほんまに？　決め手にはならんのか」と瀬島。

「犯行を決定づけるような証拠にはなりゃせんですのう」

「科捜研からの報告は？」

日岡が訊く。

「近々まとまるとは思うが……いやー、わしにゃあヤクザの犯行とは思えんがの。こがぁな殺し方、異常犯罪者の手口じゃろ」

沢渡は、目玉が抉《えぐ》り取られた被害者の写真を、日岡たちの前に置いた。

何度見ても胸が悪くなる。死の間際、彼女はどれほどの恐怖を味わっただろうか。

神原千晶は、まだ二十九歳だった。教え方の上手な先生で、子供たちにも人気があったという。

遺体の発見者は、夕飯に招かれていた調律師の恋人だ。二年前から交際していて、そろそろ結婚しようかと話していたという。

肚《はら》の底で憤りが沸々と滾《たぎ》る。上林が殺したのは、千晶だけではない。

「……いや、これは上林の犯行です」

日岡は感情を抑え、ぼそりと言った。

「え？」

鑑識課を出ると、日岡は角谷と溝口から聞いた話を、出所は伏せて瀬島に話した。

「手口が似とる？　過去の犯行とか？」

「ええ。上林の少年時代の事件資料、見れますか？」

「すぐに用意するわ。おお、それより今夜こそどうじゃ」

階段を降りながら、瀬島に頼む。

「今夜？」

「……すっ惚《とぼ》けてからに。大事なこと忘れとろうが。わしらコンビ組んどんのに、まだ一度も飯食うとらんので？」

「そんなことですか……」

日岡はため息をついた。このロートル刑事は、ほぼ一日おきに食事に誘ってくる。

「大事なことじゃろうが！　相棒いうんは、ケツの穴見せ合うくらいにならにゃ出来やせんのじゃけ。ただでさえわしゃ、あんたの分まで毎日毎日報告書書かされて」

「わかりました！」

痛い所を衝《つ》かれて、日岡は白旗を揚げた。押しつける気はなかったが、捜査活動に入ると、どうしても面倒な書類作成の仕事は後回しになる。

「ほいじゃあ今夜で」

「お、ほんまか⁉」

瀬島が嬉《うれ》しそうな声をあげた時、背後で連続してシャッター音がした。

ふたり同時に振り返る。

サングラスをかけたハンチングの男が、カメラを持って立っていた。

「わしも同席させてもらおうかのう」

「……どちらさまです？」

胡《う》散臭《さんくさ》そうに見やる日岡に、男は名刺を差し出した。

「安芸《あき》新聞社会部の高坂《こうさか》いいます」

社名入りの記者腕章をつけている。サツ回りの事件記者か。

差し出された名刺には、編集局報道部次長、高坂隆文《たかふみ》とあった。

「ほんなら、わしじゃのうて広報官に」

面倒はごめんだとばかりに、さっさと背を向ける。

「わしが調べとるんは、三年前のことでしてのう」

いわくありげな口調に、日岡は足を止めて振り返った。

「……三年前？」

「へえ。あんたが尾谷組の一之瀬唆して、五十子会長の首を獲《と》らせたいうんはほんまですか？」

瀬島が驚いたように、小さな目を瞬《しばた》かせて日岡を見る。

日岡は声を立てて笑った。

「バカバカしい。そんな力、わしにありませんよ」

「そうですか……最近もどっかのチンピラを、勝手に留置場から出してしもうたいうて聞いたがのう」

日岡は笑みを消した。ただの記者ではないようだ。

「……なるほど。なーんかこそこそ嗅《か》ぎ回られとる気がしたんじゃが、お宅じゃったか」

　後戻りして高坂に近づいていく。

　幾度か感じた視線。あれは気のせいではなく、この男だったのだ。

「嗅ぎ回るんが、わしらの商売でしてのう」

　日岡は高坂の顔を見つめ、名前とともに頭に刻み込んだ。

　再び背を向けて立ち去る。

　挑戦状を送りつけるかのように、後ろでまた、立て続けにシャッターを切る音がした。

　五十子会本部の門から『二代目五十子会』の看板が下ろされ、新しく『五十子会上林組』の看板が掛けられた。

「おう、ええ感じじゃなぁの」

　満足そうに眺めている上林に、佐伯が提案する。

「オヤジ、代紋の脇に、パールエンタープライズの社名も入れよったらどうです？」

　子分たちが一斉に笑う。

用済みの看板を抱えた吉田が、慌てて言った。

「いやっ、そんなんしたら公共事業が」

「冗談じゃいアホンダラ！」

佐伯に尻《しり》を蹴《け》り上げられた吉田は、腰を折って痛がっている。

そこに、一台のバイクが走ってきて停まった。

「こらビックリドッキリ栗饅頭《まんじゅう》じゃ……」

「チンタじゃなあの！　わりゃパイされたんか？」

佐伯が笑顔でバイクのほうへ歩いていく。

「はい！」

チンタは笑顔で答えた。ちなみにパイ、とは釈放のことである。

「オヤジ、こいつ、尾谷に襲撃かけたメンバーですわ」

佐伯がチンタを上林の前に押しやる。

「近田幸太いいます。よろしゅうお願いします！」

緊張気味に頭を下げたチンタの顔を、上林が突然、両手でつかみ上げた。

チンタの顔を右に左に動かし、何かを確かめるように矯めつ眇《すが》めつする。

「……チンタ呼ばれとるんか」

日岡に話だけは聞いていたが、半端ない威圧感だ。

「は、はい！」

チンタの背中に冷や汗が流れる。

と、上林がふいに破顔した。

「ご苦労じゃったのう」

チンタの頬を軽く叩き、中に戻っていく。

「はい、お疲れ様です！」

チンタはホッとして顔を緩め、頭を下げた。

「よう戻ってきたのう」

「お疲れじゃあ」

上林に続いて中に入りながら、戸倉や土屋らがチンタに声をかけてくる。

「おい、おもろいもん見せちゃるわ」

「え、なんすか」

戸倉に調子を合わせてついていく。

玄関に入った。なぜか、チンタの知っている二代目の子分たちの姿が見えない。

「ここもう、オヤジのもんじゃのう」

「戻るところに戻っただけじゃ」

佐伯たちが得意満面で話している。

チンタが首を傾げながらリビングに入っていくと、角谷の子分たちが並木道のようにずらりと正座させられていた。暴行を受けたらしく、みな顔に痣《あざ》や傷があった。

上林が邪魔くさそうにひとりを蹴り倒し、子分の間を通って奥に進んでいく。

ドーベルマン用の大型ケージまで来ると、上林は鉄格子をトントン、トントンとリズミカルに叩いた。

「兄貴、ええかげん協力してくれる気になったかのう」

中が見えた瞬間、チンタはエッと息を呑んだ。

ケージに入っているのは、犬ではなく二代目と姐《ねえ》さん——角谷と華英だ。

ふたりとも裸にされ、首輪をかけられて鎖に繋《つな》がれている。拷問されたのか、顔は傷だらけだった。華英は抜け殻のようで、まるで生気がない。

愛玩《あいがん》犬では番犬にならないようで、シーズーは半ば死人のような飼い主のそばで大人しくしている。

上林が角谷の前にしゃがみ、鉄格子越しに言った。

「兄貴がマニラからチャカ仕入れて捌《さば》いとったんは、もうわかっとるんじゃ。どこぞに隠しとるんね？」

「のうシゲ……わしゃこっから解放してくれりゃ、なんぼでも協力するって言うとるじゃない」

二代目の矜持《きょうじ》か、醜態は晒《さら》さず交渉しようとする。

が、上林は鼻で笑った。

「兄貴はなんかカン違いしとるようじゃがのう、わしゃ端《はな》から兄貴と取り引きする気はなぁで」

立ち上がって、ダイニングテーブルへ歩いていく。

椅子に座っていた吉田が、慌てて席を譲った。

「ほうじゃろう。姐さん袖《そで》にして、組の看板ちょろまかすような外道をよ！　先輩じゃいうて生かしとくわけにもいかんじゃろ。チャカのありか教えてもろたら、どの道死んでもらうんじゃ」

「こ……殺すんですか」

吉田が震え上がった。

「オ……オヤジー！」

角谷の子分の竹本《たけもと》が、たまらずケージのほうへ飛び出した。

間髪いれず銃声がして、竹本の巨体が前のめりにどうっと倒れる。

竹本は頭部を撃たれていた。

部屋の隅で、土屋が銃を手にニヤついている。

皮肉にも恐怖が正気を呼び戻したらしく、華英が泣き喚《わめ》きながら鉄格子を揺さぶり始めた。

「ギャーギャーギャーギャーじゃかあしいんじゃ、このメス豚がっ！」

再びケージの前に来た上林が、鉄格子を蹴りつけた。中に手を突っ込み、華英の頭をつかんで引き寄せる。

「ゆうべたっぷりええ気持ちにさせてやったじゃなあの。まだ足らんのんかっ！　おう!?」

華英はもう半狂乱だ。

平静を保てなくなった角谷が、唾を飛ばして上林に叫んだ。

「おどりゃ血も涙もないんかっ！　命だけでも堪忍してくれぇ言うとるだけじゃない！」

「ああ？　命乞《いのちご》いしか出来んような極道に生きとる資格があるんか！」

鉄格子に顔を押しつけて目を剝《む》く。まるで悪鬼の形相だ。

「タケ」

上林に促された戸倉が、「うりゃっ！」と華英の鎖を思いきり引っ張る。

「ああっ！」

首輪で上に吊《つ》り上げられた華英の顔が、醜く歪《ゆが》んだ。

殴る蹴るの暴行を加え、輪姦《りんかん》したあげく、この仕打ち——吉田はそっと目を背け、三本指になった手で顔を覆った。

「や、やめえ！　嫁は堪忍しちゃってくれや！」

角谷の悲痛な叫び声がケージに響く。

だが上林は容赦しない。

「ほんなら兄貴も侠気《おとこぎ》見せてみぃや」

どけ、と上林は佐伯の手から鎖を奪い、角谷の首の骨が折れんばかりに引っ張った。

「ぐうっ！」

全体重をかけ、てっぺんまで引き上げた角谷の頭を片手で叩く。

「兄貴、早《はよ》うしゃべらんと、可愛い嫁はんが死んでしまうで」

吉田が三本指の隙間からチラリと覗《のぞ》くと、角谷と華英の顔が紅潮して膨れ上がっている。窒息しかけているのだ。

「チャカのありかじゃ。どこね」

ふたりがこのまま息絶えようが意に介さぬ様子で、上林は一向に手を緩めない。

命乞いのつもりだろうか、シーズーが檻《おり》から出てきて、椅子に座っている佐伯の手を媚《こ》びるようにペロペロ舐《な》め始めた。

部屋の隅で、チンタは拷問の一部始終を息を詰めて見守っていた。

「……上林の親殺しは、昭和四十七年六月」

資料室のパソコンの前に座った瀬島が、マイクロフィルムの資料を画面に出した。

「犯行現場は、中《なか》区の自宅アパートじゃ」

セピア色の鑑識写真が次々と映し出される。

日岡は立ったまま、瀬島の後ろからパソコンの画面を覗き込んだ。

粗末な家の畳の上に、血まみれの年配の男女の遺体が転がっている。

真ん中に置いてある七輪のそばには、酒の瓶や煙草が散乱していた。

そして、凶器の出刃包丁も——。

「親父はアル中で、どがいもならん穀潰《ごくつぶ》しじゃったようじゃのう……上林は学校どころか飯もろくに与えられんと、親父の酒代稼ぐために窃盗までやらされとったんと」

切れ長の目をした少年の写真が出てきた。全身痣だらけの、痩《や》せ細った体。写真一枚だけで、酷《ひど》い虐待を受けていたことが一目瞭然《りょうぜん》だった。

画面に上林の調書が出た。目を走らせる。

そこには、少年の悲惨な境遇が綴《つづ》られていた。

救いの手を差し伸べる大人は、上林の周りにひとりもいなかったのだろうか。

日岡の目が、次の一文に釘付《くぎづ》けになる。

『殺さんと、わしが先に父ちゃんに殺される思いました』

少年の悲痛な叫びというより、淡々と答えを導き出したように感じる。

「それと母親は、あんたの言うたとおりじゃったわ……」

瀬島の顔が歪む。

日岡はさらに身を乗り出して、調書の文字を読み上げた。

「『母ちゃんは、わしが殴られよるん見て見ぬふりしとったけぇ、一緒に殺しました』……」

遺体の写真に視線を戻す。母親は、両の目を抉《えぐ》り出されていた。

いい店があると言うので、どこかの居酒屋か小料理屋だろうと思っていたら、日岡が連れていかれたのは瀬島の自宅のアパートだった。

「ほんじゃ、改めてよろしく頼むわい」

　グラスを合わせ、ビールを一気に飲み干す。

　ふたりしてハーッと息を吐いた。

「ごめんね、こんなんしか用意できんのじゃけど」

　瀬島の妻の百合子《ゆりこ》が、申し訳なさそうな笑顔で言った。

「いやいや、こっちこそすんません、急に押しかけてしもうて」

　瀬島に似合いの、優しそうな奥さんだ。

　空になった日岡のグラスに、瀬島が瓶ビールを注いでくれる。

　座卓の上には、太刀魚の焼き魚、卵焼き、酢の物に厚揚げなど、心づくしの家庭料理が並んでいた。

「大事な懇親会じゃけぇ、広島一安うて旨《うま》い店にしたんじゃ」

　百合子は瀬島の軽口に苦笑し、「遠慮せんとゆっくりしてって」と日岡に言うと、小鉢を手に立ち上がった。

　タンスの上の小さな仏壇に、その小鉢を供えて手を合わせる。

野球帽をかぶった、十一、二歳くらいの少年の遺影が飾ってあった。

「おう、息子じゃ」

日岡が見ていることに気づいて、瀬島が言った。

「たしか、難病を患ったとかいうて」

その瞬間、瀬島の顔色が変わった。微妙な表情を浮かべた百合子と顔を見合わせる。

「……なんであんたそれを」

百合子は無言のまま、お盆と空のビール瓶を持って台所へ行ってしまった。

「あ！　ああ、いや……」

日岡は頭を掻《か》いた。誰にでも触れられたくない傷はある。しかも、瀬島夫婦の傷は深い。気分を害するのは当然だった。

「すいません……」

素直に頭を下げ、居住まいを正した。

「実は、瀬島さんのこと、ちょっと調べさせてもろうたんです」

「わしを？」

瀬島が目を丸くする。

「管理官の嵯峨さんとは、昔、ちょっと因縁がありまして。わしをわざわざ広島に呼びつけたんは、なんか裏でもあるんかと……」

「じゃあんた、わしを管理官のスパイじゃと？」

「……すんません！」

つむじが瀬島に見えるほど、日岡は頭を深く下げた。

「百合子、聞いたか」

叱責《しっせき》を覚悟していたが、案に相違して瀬島は明るく笑いだした。

「わしも捨てたもんじゃないのう！」

百合子も可《お》笑《か》しそうに笑いながら、取り皿と醤油《しょうゆ》を運んできた。

「ヒラで定年迎える人を大物扱いしてくれて、ありがたいわぁ」

ふたりは冗談にして話を終わらせてくれた。

「ほら、食べんさい食べんさい。百合子も一緒に、ほら」

「いただきます！」

瀬島夫婦の気遣いに救われ、ホッとして箸《はし》を手に取る。日岡のほうこそ、ありがたかった。

自分がスパイだったからといって、疑心暗鬼になりすぎてしまった。

日岡は嵯峨に命じられて、暴力団と黒い噂のある大上の身辺を探っていた過去がある。だが嵯峨の本当の目的は、大上が握っていた県警上層部の不祥事を、大上ごと潰すことだった。

日岡が大上から受け継いだのは、以前は吸わなかった煙草や狼のライターだけではない。事実を知った日岡は逆に嵯峨を脅し、亡き大上に代わって警察上層部を脅《おびや》かす存在になっていた。

瀬島も日岡に負けない飲んべえで、酒はビールから焼酎《しょうちゅう》に変わった。

「ほいじゃあ瀬島さんは、ずっと公安畑だったんですね」

すっかりいい気分になって、手酌で一升瓶からグラスに焼酎を注ぐ。

「あんたと違《ちご》うて、ずっと裏街道じゃ」

瀬島もストレートでぐいぐい飲む。こっちはだいぶ呂律《ろれつ》が怪しい。

「わしら夫婦は、共産党にメシ食わしてもろうとったようなもんじゃ」

「やめんさい、笑えん冗談は」

台所にいる百合子が、呆《あき》れ顔で言った。

「この人、毎週欠かさず刑事ドラマ観よるんよ。よっぽど殺人事件の捜査に未練があるんじゃぁ思うわ」

「当たり前じゃあ。刑事捜査は警察官の花形じゃなあの」

「よかったねぇ、定年前に念願が叶《かの》うて」

百合子が、ご飯茶碗《ぢゃわん》をお盆に載せて運んできた。

「はい、蛸飯《たこめし》」

日岡と瀬島の前に茶碗を置く。

炊き立てのご飯から潮の香りと生姜《しょうが》の香りが漂い、食欲をそそった。

しかし日岡は箸を手に持ったまま、真顔になって言った。

「ほいじゃけど……上林はちぃと厄介です」

出所してまだひと月足らずだというのに、上林は広島のヤクザ社会を席巻《せっけん》している。

――いったい、どうすりゃあがいな人間が生まれるんか――

親の虐待、周囲の無関心、貧困と差別。凶悪な服役囚を相手にしてきた神原が恐れるほどの怪物は、この世のすべてに対する激しい憎悪によって誕生した。

痣《あざ》だらけの少年の、無機質な目。喜怒哀楽の喜と楽の感情は、上林の中に芽生えることはなかったのだろう。

「アホ、厄介なことあるか」

深刻な表情で考え込んでいると、瀬島にすぱっと切り捨てられた。

「政治犯に比べりゃ、極道なんざ可愛いもんじゃ」

「……はい？」

「当たり前じゃろう。極道は自分は悪人じゃあいうて宣言して悪さをしとるんじゃけえ、むしろ健全じゃ」

酔いの回った目で、しみじみと言う。

「厄介なんは、正義面して悪さしよる奴らよ……己は正しいと思い込んでしもうとるけえ、まー、始末に負えんわい」

嫌悪を顔いっぱいに浮かべる。

瀬島の言葉には、経験に裏打ちされた重みがあった。

「あんま気にせんで。酔うといつもこの調子じゃけえ」

百合子が日岡に顔をしかめてみせる。

日岡は苦笑してうなずき、ようやく蛸飯に箸をつけた。

「ん！　美味《うま》いですのぉ！」

世辞ではない。蛸の出汁《だし》と旨みがしっかりご飯にしみていて、おかずがなくても何杯でもいけそうだ。

「おかわりしんさいや」

蛸飯を掻き込む日岡を見て、百合子は嬉《うれ》しそうに目を細めた。

＊

「お待たせしましたー」

デニムのショートパンツをはいたバイトの女の子が、ストローをさした紙コップを運んできた。

「アイスコーヒーと、レスカでーす。ごゆっくりー」

それぞれ、日岡とチンタの前に置いて戻っていく。

ここは、子供広場がある寂れたショッピングビルの屋上だ。その休憩スペース兼軽食コーナーに、ふたりはいた。

まずヤクザや警察は足を踏み入れない。昼下がりの午後、買い物帰りに子供を乗り物で遊ばせている家族連れや、暇を持て余している若いカップルが何組かいるだけだ。日岡がエスと会う時に使う、密談にはうってつけの場所だった。

「……殺し？」

チンタを上林組に潜入させたはいいが、事態は最悪の方向へ急展開していた。

「ほうじゃ。二代目と姐《ねえ》さんが……」

チンタは、沈鬱《ちんうつ》な表情で話しだした。

角谷に拳銃《けんじゅう》の隠し場所を吐かせた上林は、公言どおりふたりを嬲《なぶ》り殺しにした。しかも殺す前に目玉を自ら素手で抉《えぐ》り出すという、血の通った人間とは思えない所業に及んだ。

窪《くぼ》んだ黒い穴から視神経が垂れ下がったふたりの遺体は、工事の途中で放置された建設現場に運ばれた。周囲には店も民家もなく、目撃される心配はなかった。

深く掘った穴に角谷と華英の遺体が落とされ、戸倉たちがポリタンクの灯油を浴びせかける。

あまりのおぞましさに、チンタは直視することができなかった。

「燃やせぇや」

ゴミでも燃すように、上林が言う。

チンタの隣りにいた土屋が、丸めた新聞紙をチンタの前に突き出した。

「え……」

チンタは戸惑って土屋を見つめ返した。火付け役を命じられたのが自分だとは、思ってもいなかったのだ。

「聞こえんのか」

上林の鋭い三白眼がチンタを睨《にら》む。

その両隣りにいる佐伯と戸倉も、チンタの度胸を試すような目で見ている。

やらねば疑われる。いや、それどころか殺されるかもしれない。

「はい！……」

そう答えるしかなかった。

その時、角谷の上に重なった華英の遺体が急に痙攣《けいれん》を始めた。

「お、まだ生きとった」

土屋が穴の中を覗《のぞ》き込む。電流を通された実験の蛙のように、女の裸の体がピクピクしている。

「人間の生命いうんは凄《すご》いもんじゃのう」

煙草をふかしながら、上林が感心したような口ぶりで言った。

痙攣は、死後硬直前の変化だろうか。いずれにしろ、命が助かる見込みはない。

そう自分に言い聞かせながら、チンタは自分のライターで新聞紙に火をつけ、震える手で穴に放り投げた。

おおーと声があがる。

「火がついても動いとるのう」

戸倉の声に憐憫《れんびん》はカケラもない。心が麻痺《まひ》してしまっているのだろう。

「おい、燃やしたら埋めとけ」

シーズーを抱っこした佐伯が、チンタに指示する。

小賢《こざか》しい愛玩《あいがん》犬は、無事ドーベルマンの二の舞を避けられたらしい。

灯油の臭いと肉の焼ける臭いが混じり合って、あたりに漂う。

チンタはえずきそうになった。

「凄いもんじゃあ」

「ピクピクしとりましたのう」

上林たちは、面白い見世物でも見たかのように話しながら、チンタひとりを残して帰っていった。

「あいつ、狂うちょる……女じゃろうが平気でわやくそにしょーるんじゃ、目ん玉までくり貫《ぬ》いて……」

それほど暑くもないのに額に浮かんだ汗を、日岡は手で拭《ぬぐ》った。

「なあ、あいつパクれるん？　わし、いつまでこがいなこと」

「もうちぃと辛抱してくれぇや。こっちが慌てて動きゃ、こんなが疑われる。ほうじゃろう？」

同意するように、チンタはうなだれた。

「わしが動けるんは、ピアノ教室の事件じゃ。そっちはまだなんもわからんのか？」

チンタは思い詰めた表情で、首を横に振った。

「じきに尾谷と戦争じゃ……オヤジは二代目が隠しちょったチャカをえっと（たくさん）ガメたんよ。時間の問題じゃぁ思う」

指に煙草を挟んだまま、日岡はしばし黙り込んだ。

「……ひーさん？」

怪訝《けげん》そうなチンタの声で我に返る。

「……ほうか。殴り込みのタイミングがわかったら教えてくれぇや。わしはもう行かんと」

アルミの灰皿に煙草を押しつけ、立ち上がって足早に行こうとする。

「あ、ほうじゃ」

その声に振り向くと、チンタがズボンのポケットから何かを取り出した。

「ひーさん、これ、ありがとね」

嬉《うれ》しそうに、真新しいパスポートを掲げている。

日本国のではない。大韓民国のパスポートだ。

「いやぁ、ひーさんさすがじゃわ。書類が完璧《かんぺき》に揃っちょったけえ、ぶち簡単にもらえたんよ」

日岡は戻ってきて、またガーデンチェアに座った。

五十子会に潜入していたチンタへの謝礼代わりに、チンタが取り寄せたパスポート用の申請書類を揃えてやったのだ。

チンタの手からパスポートを受け取り、中を見る。

「……真緒にはもう話したんか」

チンタは無言だ。

「アホ、話すいう約束じゃろう！」

乱暴にパスポートを戻す。真緒に内緒で手配はしてやったが、渡韓の意思を伝えるのは本人の口からだと、あれほど念を押したのに。

チンタは気まずそうに笑った。

「大丈夫よ、姉ちゃんはわかってくれる……まあ、あっちで母ちゃんと一緒に住むだけじゃし」

チンタの母親は、息子と暮らせるのを心待ちにしているらしい。

「ほいじゃけど、こんなが向こうに渡りゃ、弟らの面倒は真緒がひとりで見にゃいけんし――」

日岡は二日酔いの頭を抱えた。

チンタを止める権利はない。チンタは悪ぶっているだけで、家庭環境さえまともなら、チンピラになどならなかったはずだ。心機一転、新しい土地で一から人生をやり直すのもいいかもしれないと思う。

だがチンタが行ってしまったら、真緒はひどく悲しむに違いない。気が強そうに見えて、実は寂しがり屋なのだ。弟たちがいるからこそ、ああして気丈にしていられるようなところもある。

真緒が日本に残るようチンタを説得してくれれば、今度こそちゃんとした仕事を見つけてやり、四人が安心して暮らせるよう計らうつもりだった。

「もう決めたんじゃ」

チンタの真剣な声音に、日岡は思わず顔を上げた。

「やっぱわしムリなんよ、日本で生きていくんは……コケにされるだけじゃけえ」

ふと、少年時代の上林が重なる。

今でこそ真緒に大上ジュニアと揶揄《やゆ》される物騒なマル暴刑事だが、日岡は、敷かれたレールの上を走るのが最上の人生だと考えるような、堅実な両親のもとで育った。

ひとりいる兄も公務員で、真面目一方の市役所職員だ。

そんな日岡に、真緒やチンタや、まして上林の気持ちは、本当のところわからないかもしれなかった。

「姉ちゃんは大丈夫よ、ひーさんがおるんじゃけえ」

そう言って笑うチンタに、日岡は何も言えなかった。

県警本部前に日岡がベンツを停車したとたん、開け放っていた運転席の窓に高坂が現れた。

「まるで極道のやり方じゃのう！」

陽射しに目を眇《すが》めながら、高坂を見上げる。

「……ありゃりゃ。どがぁしたんですか、その顔は」

顔にいくつか痣《あざ》を作っていた。お世辞にも好感が持てるとは言えない人相が、ますます悪人面になっている。

「とぼけんなや、取材はやめえいうて尾谷組に脅されたんじゃなぁか！」

昨夜、高坂は瀬島の自宅アパートが見える場所に車を停め、日岡を監視していた。

酒でも飲んでいるのか、なかなか日岡は出てこない。

三時間ほど過ぎた頃だろうか。

あくびをしていると、ふいに運転席の窓をノックされた。

窓を開けると、チンピラ風の若い男たちが数人、立っている。

「高坂さん？　安芸新聞の」

声をかけてきたチンピラに見覚えがあった。尾谷組の柳島という若衆だ。

「だったらなんじゃ？」

答えるやいなやドアが開き、高坂は有無を言わさず車から引きずり降ろされたのである。

「公権力が極道使って表現の自由を奪うんか！」

日岡は顔をしかめた。さっきから耳元でぎゃんぎゃんわめき立てられ、ただでさえ鈍痛がしている頭がヒビ割れそうだ。

「わかりました！」

日岡は車を降りて言った。

「尾谷の連中には二度と手ぇ出さんよう、わしから話しときますけぇ。ほいじゃけぇ記者さんも、あんまり無茶はせんほうがええですよ」

高坂の肩をポンポン叩《たた》き、背を向けて本部の玄関に向かう。

とびきり濃いコーヒーでも飲んで、頭をしゃっきりさせないと仕事にならなそうだ。

「待てや！」

日岡はうんざりして、高坂を振り返った。

「わしゃのう日岡さん、あんたは大上以上に問題がある思うとるんじゃ」

「……はい？」

「大上は、泥を被《かぶ》るんが仕事じゃあわかってマル暴をやっとった。ほうじゃろう？」

「なんが言いたいんですか」

「けどあんたはどうじゃ？　裏で極道とつるんでやりたい放題しとる人間が、まるで正義の味方みたいな顔して、天に愧《は》じずいう態度じゃないの。そりゃあいくらなんでもマズいじゃろう」

日岡が徐々に真顔になる。

「……なんがマズいんです？」

何も知らないくせに、よくもまあ偉そうに御託を並べてくれる。

「そうやってこの三年、ひとりも抗争で死なんで済んどるんじゃないですか？」

冷笑を浮かべて、高坂に近づいていく。

「大上さんが仕切っとった頃はどがぁでした。そこら中でドンパチして、カタギにまで死者が出て。お宅の新聞は、そがぁな状態を望んどるんですか」

「わしゃあそんとなことひと言も！」

日岡は高坂の肩をつかみ、荒々しく車に押しつけた。

「何が表現の自由じゃ！　そがいなもん守って犠牲者出ても、新聞は責任取りゃせんじゃろうが！　こっちは必死に治安守っとるんじゃ。おどれら外野は黙って見とりゃええんじゃ！」

日岡の剣幕にたじろいでいる高坂を突き放すと、憤然として立ち去る。

「……なんじゃあ！」

背後で、高坂の怒鳴り声がする。

大上は、すべてにおいて規格外だった。人間としての器も大きかった。あれほどの刑事は、二度とお目にかかれないだろう。

だが、その大上でさえ、五十子の手にかかって死んだ。

血中から大量のアルコールと睡眠薬の成分が検出されたという理由で、警察は大上を事故死として片づけた。遺体に十カ所以上刺し傷があったにもかかわらず、そして、胃には無理やり食わされた異物——豚の糞《くそ》が詰まっていたにもかかわらず。結局、大上はヤクザを抑えきれず、警察に潰《つぶ》された。

大上は優しすぎたのだ。

日岡はこの三年、ヤクザを飼い殺しにするために日々神経をすり減らし、警察組織に取り込まれないよう常に気を張り詰めてきた。

かつて大上が言ったとおり、いったんヤクザにかかわったら、危険な綱渡りでも進んでいくしかない。

だが大上亡きあと日岡が必死に作り上げてきた秩序は、そこかしこで少しずつ崩れようとしていた。

*

カウンターで接客していた真緒は、心配そうにテーブル席を盗み見た。新規の男性客が七人。見るからにカタギではない。

盛り上がっているのは結構だが、マナーが最悪だった。ホステスたちの体を触ったり、聞くに堪えない卑《ひ》猥《わい》な言葉を浴びせたり、やりたい放題だ。

あげく、サングラスをかけた口ひげの男が、ホステスのスカートに手を入れた。

「もー、やめてよお兄さんっ」

店に長くいる子で、空気を悪くしないように、健気《けなげ》にも笑顔であしらっている。

「ブッサイクがスカすなや、減りゃせんじゃろうが！」

顎《あご》を乱暴につかみ上げられ、さすがに笑顔が崩れた。

カウンターのふたり連れの常連客も、居心地悪そうにしている。

「すいません……」

真緒が謝ったのを潮に、ふたりは腰を上げた。

「ママ、帰るわ」

「あ……はい」

引き止められなかった。こんな雰囲気の店で飲むお酒が美味《おい》しいわけがない。

男に抱きつかれた若いホステスが、涙ぐんでカウンターに戻ってきた。

「大丈夫？」

声をかけると、しっかりうなずいた。安心して彼女に二言三言囁《ささや》き、客を出口で見送る。

「すいません。ありがとうございました」

「また来るけ」

息抜きにきて不愉快にさせてしまったのに、そう言ってもらえただけでありがたかった。

「おーおー、もう帰るんかい」

「社長さんのお帰りかい」

連中は客にまで絡んでくる。あきらかに営業妨害だ。

ドアを閉めると、真緒は振り返って男たちを見据えた。

幸い、ほかに客はいない。

無言でテーブル席につく。

残っていたホステスふたりが、逃げるように席を離れた。

「おう、ようやくママの登場じゃ。待っとったんよ」

ホステスのスカートに手を入れた、口ひげの男が言った。男たちの兄貴分らしい。

「ここらじゃ見かけんねぇ。お仕事？」

「近々、呉原で商売始めよう思うてのう。今日は下見じゃ」

口ひげは真緒をまじまじと見つめ、言った。

「それにしても、チンタに似とらんのう」

ほかの男たちがいっせいに噴き出す。

「……上林組の人なん？」

真緒は驚いた。ヤクザだと見当はついたが、まさか弟のいる組の構成員だとは思わない。

「姉ちゃんが店やっとる聞いたけえ、顔出したんよ」

口ひげ――佐伯が、真緒の隣りに移動してきた。

「知り合いの姉貴とヤレる思うたら、興奮するじゃろう。のう？」

真緒の手をつかみ、自分の股間《こかん》に持っていこうとする。

「やめて！」

その手を振り払い、佐伯を睨《にら》んだ。

「うちはそがいな店違うんよ、帰ってくれん？」

舐《な》めてもらっては困る。相手がヤクザだろうが何人いようが引く気はない。

「安心せえ、チンタには黙っとくけえ」

佐伯は、反吐《へど》が出そうな下卑た笑いを浮かべた。

どうやら、話して通じる知能はないようだ。

「……ここは尾谷のシマなんよ？」

「だったらなんなんじゃい！」

佐伯の表情が豹変《ひょうへん》した。

その時、ドアが開いて男たちが入ってきた。

尾谷組の、花田と柳島だ。

「うちは忠告したけぇね」

真緒が立ち上がってカウンターに引っ込むと同時に、若頭の橘が姿を現した。

「どしたんママ。しばらく来んうちに、ずいぶん客のガラが悪うなったじゃない」

含み笑いで言いながら、カウンター席に座る。

尾谷組に連絡するよう、先ほどの若いホステスに真緒が指示しておいたのだ。

「おうおっさん、わりゃ誰にものぉ言いよるんなら！」

橘に向かっていこうとした戸倉の背中を、花田がつかんだ。すかさずテーブルに叩《たた》きつけ、あっという間に床に倒して喉元《のどもと》を押さえ込む。

「やめとけや花田」

橘が鷹揚《おうよう》に言った。

「野良犬が迷い込んでぎゃーこら鳴いとるだけじゃなあの。保健所にでも任せりゃええわ。のう」

柳島が小馬鹿にして、「うー、ワン！」と吠《ほ》える。

「……おお、こら驚いた。上林組の佐伯さんじゃ？」

橘は芝居がかった物言いでカウンターからテーブル席に移り、佐伯の対面に座った。

「しらじらしいんじゃ……」

「いらっしゃるんなら、お迎えに行きましたのに」

引き際だと感じたのだろう、佐伯は舌打ちして立ち上がった。

「こがぁな田舎で飲むと大儀いのう」

財布から一万円札を数枚出して放り投げ、「おう、いぬるど」と弟分たちに声をかけて出口に向かう。

「おう兄ちゃん。ぶち殺しちゃるけえのう！　ええの？」

戸倉が花田に嚙《か》みつく。やられっぱなしで治まらないらしい。

花田は相手にせず、鼻で笑った。

「首洗《あろ》うて待っとけ。逃げんなよ！」

上林組のチンピラたちが、口々に捨て台詞《ぜりふ》を吐きながら店を出ていく。

「ワン！」

橘が笑いながら吠えた。

ひとまず安堵《あんど》したが、真緒の表情は晴れない。

広島のヤクザが、なぜ呉原まで出張ってきたのか。真緒がチンタの姉と知って、わざわざ店にまで……。

ただの冷やかしならいいが、いつまでたっても嫌な胸騒ぎが消せなかった。


ガラスのコップを逆さにして置き、底の上に細い注射器で水を垂らして粉を溶かす。

混ぜ物なしの上物だ。

効き目は絶大だが、分量を間違えれば死ぬこともある。それもまた、悦《よろこ》びに似た興奮をもたらす。

上林は背中に虎の刺繍《ししゅう》がされた金色のガウンを羽織り、ひとり寝室にいた。

と、ノックの音がした。

「失礼します。チンタ来ました」

ロン毛の組員がドアを開け、少し緊張した表情のチンタが入ってきた。

「失礼します」

「おう。座れぇや」

「……はい」

おずおずと床に正座する。

「こんなの姉ちゃん、呉原でスタンドしとるそうじゃのう」

「あ……」

思わぬ用件だった。いつ上林の耳に入ったのだろうか。

「われなんで黙っとったんじゃ」

「……あ、いや、それは——」

「おお!?」

恫喝《どうかつ》するように怒鳴ったかと思えば、上林はふいに笑いだした。

戸惑っているチンタに、今度は真顔になって言う。

「尾谷のカスども、東署にがっつり守られとるけえのう。姉ちゃんに探りを入れてもらえんかのう」

日岡との関係は知られていないようで、チンタは内心ホッとした。

「わかりました、姉ちゃんに頼んでみます」

そう言うと、自分用にシャブを作りはじめた。

夕方、いつものように店に向かおうとしていた真緒は、歓楽街の見回りをしている尾谷組の面々と行き合った。

「おう。ママじゃなあの」

橘が声をかけてきた。

「こんにちは」

「上林組はもう来とらんのんか」と花田。

「はい。また店、来てください」

上林組の連中が店で騒いでから、何事もなく数日が過ぎていた。

「なんかあったら言いんさい」

橘が真緒の肩をポンと叩き、通り過ぎていく。真緒も歩きだした。

あの胸騒ぎは、気のせいだったらしい。いつもチンタの心配ばかりしているから、知らず知らずのうち過敏になっているのだ。

しかし、いつになったらチンタは上林組から抜けられるのだろう。あんな連中と一緒にいると思ったら、また心配になってくる。

真緒の口から、ため息が漏れた。

日岡は有能な刑事だと思う。大上のような刑事だと思っていた。

けれど、大上にあって、日岡にないものがある。

それが強みなのか、弱みなのかは、わからないけれど――。

「橘ぁ！」

いきなり背後で声がした。

とっさに振り返ると、尾谷組が渡ろうとしていた十字路を、黒い車が横道から突っ込んできた。

タイヤが悲鳴をあげ、銃声が轟《とどろ》く。

真緒は反射的に肩をすくめた。

「舐《な》めんなぁ！　ぶっ殺す言うたじゃろうがあ！」

銃を持った戸倉が、後部座席から身を乗り出している。

真緒はハッとした。

サングラスをかけた運転手。あれはチンタだ。

戸倉が尾谷組の面々に向かって再び発砲する。

「邪魔なんじゃボケ、どけや！」

チンタは通行人を怒鳴りつけ、猛スピードで車を走らせていった。

柳島らが車を追っていく。

「……なんじゃいこらっ！」

道に倒れていた橘が、ぎょっとした声をあげた。

「カシラ！」

花田が駆け寄る。

橘は右の脇腹を撃たれ、激しく出血していた。

「痛たたたっ」

「カシラ、動かんでください！」

花田が慌てて傷口を両手で押さえる。

導火線に火がついた瞬間を、真緒は目の当たりにした気がした。

胸騒ぎどころではない。真緒は全身を言いようのない不安に襲われ、その場を動けずにいた。

橘は尾谷組の事務所に運び込まれ、組御用達《ごようたし》の医者が呼ばれた。警察に通報しない代わりに、破格の謝礼が白衣のポケットに収まることになる。

日岡が到着した時、事務所はかつてないほど殺気立っていた。

「代行！　わしは泣き寝入りしろとは言っとらんのです。直接わしが会長と話するまで、ちぃと我慢してほしいんです！」

部屋に入っていく天木に、日岡が追いすがって談判する。

しかし天木は日岡に目もくれず、無言でソファに腰を下ろした。

「代行！」

苛立《いらだ》った日岡は、思わずテーブルを叩いた。

それでも天木は無反応だ。くわえた煙草に、若衆がさっと火をつける。

この男が寡黙になるのは、腸《はらわた》が煮えくり返っている時か人の話に耳を貸さない時で、今は間違いなくその両方だ。

花田が柳島たちを連れ、部屋を出ていこうとする。

日岡は花田の肩をつかみ、前に回り込んだ。

「おう花田、わりゃどこぞに行く気じゃ！」

「爆弾落とされたんじゃ！　黙っとらりゃせんじゃろう」

ただでさえ血の気の多い連中が、目の前で若頭を的にかけられて、完全に頭に血が昇っている。

「どかんかいわりゃあ！」

柳島が日岡の胸倉をつかむ。

「やかましいんじゃ小僧！」

その腕を取って張り倒し、日岡は再び花田の前に立ちはだかった。

「……花田、わしゃ一之瀬のオヤジからこの組任されとるんじゃ。わしに逆らうんはオヤジに逆らういうこっちゃ。わかっとるんか」

一之瀬の名前を出すと、花田はグッと詰まった。

その時、治療を終えた橘が、そばにあった座卓を蹴《け》り飛ばした。

「あんたぁ、どの口でそがぁなこと言うちょるの……」

幸い臓器は無事だったが、麻酔なしで傷口を縫合され、額に脂汗を浮かべている。

「オヤジがあんたを許したんは、五十子との手打ちを優先したけえじゃ……けど、あんたがオヤジをハメた事実は変わらんわい！」

橘は痛みに顔をしかめながら上半身を起こし、血を吸ったタオルを畳に投げつけた。

「わしら誰ひとりとして、あんたを許しとりゃせんど」

口に出さないことで微妙に保たれてきた、日岡と尾谷組の三年間の均衡が崩れた。

日岡は目を見開いたまま、石のように動けないでいる。

「どけや。わしらぁポリの人形じゃないんじゃ！」

花田が日岡を押しのける。

我に返った日岡が、その腕を取って背中に捩《ね》じ上げた。

「なんしよんじゃあ、こらぁ！」

組員たちが色をなす。

日岡は片手で花田を組み伏せ、すばやく腰のホルスターから出した銃を天井に向けて発砲した。

「キャァッ！」

看護師が悲鳴をあげる。

頭より先に体が動く。引き金に指をかけたまま、日岡は銃口を花田の口に突っ込んだ。

「おどれらぁ一歩でも動いてみい、こんガキぶち殺すど！」

奥の部屋にいる天木が、日岡に鋭い視線を飛ばしてきた。

一歩間違えれば、本当に撃ち殺しかねない。

刑事にあるまじき暴挙に、橘は啞然《あぜん》としている。

「口答えしょーんは全員ブタ箱叩《たた》き込んじゃる。ええのう！」

怯《ひる》んでいる組員たちをねめつける。もはや信頼もクソもない。何がなんでも抗争を阻止するだけだ。

口に銃をくわえた花田が、血走った目で日岡を睨《にら》みつけていた。

小さな理髪店の前に、数台の高級車が停まっている。

手持無沙汰《ぶさた》に立っているスーツの男たちは、護衛の仁正会組員だ。

店の中では、綿船が店主に髭《ひげ》を当たってもらっていた。

「会長、このままじゃ抗争になりますよ？」

日岡は綿船の背後に立ち、上林組を止めるよう懸命に説得していた。

「んなことわしに言われても……あのがんぼたれは言うこと聞きゃせんのじゃ。わしゃ必死に止めとるんじゃけえ」

のらりくらりとすっとぼける。狸親父の本領発揮だ。

「抗争になりゃ、県警も動かざるを得んです。仁正会の本部に手入れが入ってもええんですね？」

「そら困るわ！」

「なら会長が責任持って上林を押さえ込んでくれんと！」

「けど困るんは……あんたも一緒じゃないの？」

「……はい？」

綿船は、皮肉っぽい笑い声をあげた。

「わしじゃって新聞くらい読むわいや……この三年、広島の極道は大なり小なり、あんたの思惑どおりに動いてきたんじゃなぁの。それがちぃと問題が起きりゃ、わしら極道だけお灸《きゅう》据えられるいうんは、不公平じゃ」

そう言うと、おう、と人差し指と中指を立てる。後ろに控えていた組員が、すかさず指の間に煙草を差し込んだ。

組員より先に、日岡が自分のジッポーで綿船の煙草に火をつける。

「けど、このままいうわけにはいかんでしょ！」

蓋《ふた》を閉じて引っ込めようとした手を、ふいに綿船がつかんだ。

日岡の手の中にある狼のジッポーに目を落とし、ゆっくりと煙を吐き出す。

「そういやもう、日本に狼はおらんのんよのう……」

「は？」

「狼は凶暴になり過ぎて手に負えんようになってしもうたけえ、人間様が根絶やしにしてしもうたんじゃ……強うなり過ぎるんも、考えもんじゃのう」

そう言いながら、日岡の顔に向かって煙を吐く。

大上を狼にたとえて、暗に日岡を脅しているのだ。狸の面をかぶっているが、綿船の本性は狐のように狡《ずる》賢い。

その時、店のドアが開いた。

入ってきたのは、真っ赤なツーピースを着て、女優のようなつば広の帽子をかぶった環である。

「よう、五十子の姐《ねえ》さん、待っとったで！」

「大事な話じゃいうけえ、めかし込んできたのに。なんでこがぁな辛気くさい場所に」

媚《こび》を売る環に、綿船がハッハッハと笑う。

理容椅子の肘掛《ひじか》けに浅く腰を預けた環が、日岡に目を留めた。

「お取り込み中？」

日岡が口を開く前に、綿船が言った。

「いや、ちょうどいま終わったとこじゃ」

綿船の目が、これ以上聞く耳は持たないと言っている。

何も言い返せなかった。

「……失礼します」

会釈して店を出ていく日岡に、綿船が機嫌よくヒラヒラと手を振る。

外に出た日岡は、顔に焦慮を浮かべた。

尾谷組を押さえ込んでおくにも限界がある。

綿船が当てにならないとすると、あとは一刻も早く上林を引っ張るしかない。

県警に向かう日岡の足は、我知らず歩みを速めていた。


テーブルにチゲ鍋《なべ》やサムギョプサル、キムチなどの小皿のおかずが並んでいる。

上林はひとり、寂れた焼肉屋の座敷で食事をしていた。

「親がおらん？」

手酌のマッコリを飲み干し、上林が聞き返した。

「あのデカ、両親とも、もう死んじょるみたいで……」

チンタが立ったまま報告する。

奥で煙草をふかしている店主の老婆が、ちらりとふたりに視線をくれた。

「わりゃ、そがぁな言い訳垂れにきたんか？」

「……え、あ、いや――」

強《こわ》ばった笑みを浮かべたチンタに、いきなり上林がビンタを張った。

「おい、こっち来いや」

ふらついているチンタの胸を、立ち上がりざま蹴《け》り飛ばす。

「ぐふっ！」

チンタは、油じみた床に勢いよく倒れ込んだ。

「おい、チンタ。われなに寝ぶたいこと抜かしとんのよ。おら！　おら！」

座敷を下りた上林が、仰向けに倒れているチンタに立て続けに蹴りを入れる。

チンタは呻《うめ》き声をあげながらのたうち回った。

「わりゃ、どがいにして生きてきたんじゃ……おお⁉」

喉《のど》を足で押さえつけ、目をぎらつかせて顔を近づける。

チンタはこめかみに青筋を立て、顔を真っ赤にしてゼーゼーと苦しげな呼吸音を立てるばかりだ。

「ソンホ、やめんさい！」

突然、店主の老婆がしゃがれ声で怒鳴った。

上林は顔を上げ、力を緩めて足を下ろした。

チンタが体を丸めてゲホゲホと咳《せ》き込む。

上林はふと、足元に落ちている緑色の冊子に気づいた。

拾い上げて中を見る。

チンタのパスポートだ——それも、大韓民国の。

「……わしゃこのあたりの生まれでのう。ガキの頃は毎日すっからかんで、阿呆《あほう》みとうに腹すかしとって……」

ゴミ溜《た》めか、貧民窟《くつ》のようだった家。アルコールと、汲《く》み取り便所の臭いが混じり合った不快な臭気が、今も鼻をかすめる。

「仕方がないけえ、ここらの飯屋で残飯恵んでもろうて、なんとか凌《しの》いどったんじゃ……ほうじゃのう、婆ちゃん」

老婆の返事はない。

上林はしゃがみ込み、うずくまっているチンタの髪をつかみ上げた。

「チンタ、わりゃなんで極道しとるんな」

唐突に問う。チンタは答えられない。

「残飯恵んでもろうて生きとっても、どがいもならんけえじゃなぁんか⁉」

上林に見据えられ、チンタの顔が泣きだしそうに歪《ゆが》んだ。

同じ境遇の同胞だろう——上林の目が答えを迫る。

チンタは荒い息を整え、顔を上げて、上林をまっすぐ見つめ返した。

「わかりました……」

上林はかすかに嬉しそうな笑みを浮かべ、立ち上がってチンタのパスポートを床に放り投げた。

「婆ちゃん、また来るわ」

万札をテーブルに置き、店を出ていく。

チンタは床に座り込んだまま、瞬《まばた》きもせず上林の消えた戸口を見つめていた。

「……飯食って帰りんさい」

意外にも優しい声が、聞こえてきた。

上着を羽織り、シャッターが下りた商店街を歩いていく。

上林が生まれた頃は、川沿いに一〇〇〇戸もの不法バラックが密集していた。出口のない迷路のような町。再開発計画で徐々にバラックは撤去されていったが、そここの路地に瓦礫《がれき》やゴミの悪臭が染み付いている気がする。

商店街を抜けると、目の前に大規模な高層アパートが建ち並ぶ。

まるで高みから、上林を嘲笑《あざわら》っているかのようだ。

立ち止まって見上げていると、ふいに誰かがぶつかってきた。

切れ長の目をした少年が、上林を見上げている。

似ている――。

上林は息を呑《の》んだ。

少年は謝りもせず、逃げるように商店街のほうへ走っていった。

その後ろ姿が、上林の脳裏にひとりの少年を浮かび上がらせる。

顔に傷を作り、鼻血を出している、痩《や》せっぽちの少年だ。

父ちゃんはいつも不機嫌で、母ちゃんはいつも小さくなっていた。いくら思い出そうとしても、両親の笑った顔を見た記憶がない。

畳があるのは父ちゃんが酒を飲んでいる場所だけで、あとは土が剝《む》き出しの、まったく陽の当たらない家だった。

自分の不運をすべて世の中のせいにして、酒に逃げているような男。

威張れるのは家の中だけで、外で溜め込んだ鬱憤《うっぷん》を、息子を殴ることで晴らすような男。

嫌悪と憎悪以外、少年の上林にどんな感情が持てただろう。

あの日も父ちゃんは昼間から酔って、上林にさんざん暴力をふるった。

裸電球の下で光る出刃包丁を目にした刹那《せつな》、上林はそれまで感じたことのない強い衝動に駆られたのを覚えている。

あれだけ殴られて、よく起き上がれたものだと思う。あとで警察に保護されてからわかったが、肋骨《ろつこつ》が折れていた。

父ちゃんの酒で濁った眼が、カッと見開く。

外にいた母ちゃんが、「ソンホ、ソンホ」と名前を叫ぶ。

今ではもう、記憶が途切れ途切れだ。

上林は、包丁を握ったまま、両親の返り血を浴びていた。

血だまりの中に転がった、目を開けたままの父ちゃんと、目玉のない母ちゃん。

ふたりの死体を見下ろしても、なんの感情も湧かなかった。

ただ、この畳はもう使えないだろうなと思った。

——生き抜いてやる。

身の内に猛烈なエネルギーが渦巻く。少年は包丁を捨て、鎖を解かれた犬のように家を飛び出した。

# 供述調書　その1

本籍　広島県広島市中区本町二丁目五番
住居　広島県広島市中区本町二丁目五番七号
職業　無職
氏名　上林　成浩
　　昭和三三年三月一七日生（一四歳）

右の者に対する【殺人罪】被疑事件につき、昭和四七年六月一三日広島中警察署刑事課取調室内において、本職は、あらかじめ被疑者に対し自己の意思に反して供述する必要がない旨を告げて取り調べたところ、任意次の通り供述した。

本日はわしが両親を殺した理由についてお話しいたします。
まず父ちゃんについて話すと、あれはほんまに酒の虫いうような人間でした。

普通、人は酒を「飲む」言いよりますが、父ちゃんの場合は「流し込む」言うほうがしっくりくるぐらい、酒に囚《とら》われたどうしょうもない虫でした。そん程度なら、わしもこげんことせんで済んだ思います。

ほぃじゃけどあん虫は、ろくに働きもせんと毎日家に入り浸り、糞《くそ》を垂れるかわしを殴るかん時以外は立ち上がりもせんような穀潰《ごくつぶ》しで、母ちゃんの稼いできた日銭で飢えをしのぐんがやっとでした。そのくせ飯が足りんと怒鳴り散らし、その怒りをわしにぶつけるんです。

母ちゃんは何も言いませんでした。んにゃ、言えませんでした。口答えしょうもんなら、母ちゃんも同じ目に遭うけぇ、わしが殴られとる時間が過ぎるんをただ黙って待っとるだけでした。

父ちゃんがわしを殴る時は、わしの胸倉を摑《つか》み、

ワレぼけコラ　殺すぞ

とか怒鳴りながら、右手で数発わしの顔面を殴りました。

わしは歯を食いしばり、母ちゃんは黙ったままじゃけぇ、部屋ん中では、父ちゃんの拳《こぶし》がわしん頬にぶつかる骨の音しか聞こえません。わしも母ちゃんも、父ちゃんが殴り飽きるまでただ待つことしかできませんでした。

とにかく殴られるんが一番の苦痛でした。食うもんが無いんはわしにとっちゃ苦しいうちに入りません。そん辺の草でもゴミ溜《た》めの残飯でも、口に入れりゃ死ぬことはないです。

ただ、わしにとって本当に苦しいんは、酒がなあ時です。酒がないけえ父ちゃんがわしを殴り、何としてでも酒を持ってくるよう言いよるんです。でも酒だけはそん辺に落ちとるわけでもなけりゃ、ゴミ溜めに紛れとるわけでもありません。どがいにしても金がのうなったらいけんのです。金がのうなりゃ物を盗んで金に換えて、そん金を酒に換えて、父ちゃんの体に流し込まにゃいけんのです。

じゃけぇ、泥棒で下手こいて捕まった時は、不思議と安心しました。わしがガキじゃいうことにゃ構わず、こんままわしを牢屋《ろうや》にでもぶち込んでくれたほうが、今の生活よりよっぽど楽じゃ思いました。ほいじゃけど結局捕まっても警察でさんざん言われてから、父ちゃんのおる家に金も酒も持たず帰るわけじゃけぇ、わしはまた地獄を見る羽目になるんです。

こん地獄をこん先もくりかえさにゃいけんのか思うたら、父ちゃんに殴られた頬の痛みがまた疼《うず》きだして、わしの恐怖心を煽《あお》るんです。ほいでまた酒を調達するために盗みを始めるんです。

酒屋で酒を盗むことは考えませんでした。万が一にでも酒屋で下手こいて捕まりゃ、もう二度とそん店に入ることすらできんくなります。そうすりゃいくら金を持っとっても、酒が買えんくなります。それだけは避けにゃいけませんでした。

わしが生まれてから、こん十四年で知ったことと言やぁ、空腹と暴力と、鼻を刺すアルコールの匂いぐらいで、あげく朝鮮人じゃ言われて虐げられる毎日に耐える訳じゃけぇ、わしゃいったいなんのために生まれてきたんか、何もわかりゃせんのです。家に居場所がのうなって外に出てみたら、外の人間もまた、わしを蔑《さげす》むような目でこっちを見よるんです。

じゃけぇ、父ちゃんに殴られながら遠のく意識ん中で、もうこんまま死んでもええわ思う日も腐るほどあったんじゃけど、そういう時ほど数時間も経ちゃ目が覚めて、また阿《あ》呆《ほう》みたいに息をしとる自分に気づくんです。そいと同時に、何も持たんこんわしから命すら奪おうとした父ちゃんが憎うて仕方なあ思うようになりました。

もうこんままではわしがもたん。父ちゃんが酒を飲むたびに、わしは憎しみに呑《の》まれ、父ちゃんが酒で潰《つぶ》れるたびに、わしは憎しみに潰されそうになるんです。

殺さんと、わしが先に父ちゃんに殺される思いました。わしが事件を起こした十二日の昼もいつものように酒を飲んだ父ちゃんに殴られ、台所に投げ飛ばされました。

食器棚に背中を強く打ちつけ、崩れ落ちる皿と共に、わしの中でも何かが崩壊する音が聞こえた気がしました。

もう我慢の限界だったんです。流し場に置いてあった包丁で父ちゃんを殺そうと思い、包丁を右手に持ち、父ちゃんの腹めがけて何回も刺しました。回数なんか数えきれんほど、ただ体の動くまんまに握った包丁を振り下ろしたんです。

刺さるたびに噴き上がる血を浴びとるうちに、次第に可笑《おか》しくなりました。血管まで酒が流れとるようなこげん人間にも血が通っとるんじゃと、わしと何も変わりゃせん血が、こん人間にも流れとるんじゃと、結局は同じ人間なんじゃと、不思議な嘲《ちょう》笑《しょう》に駆られたんです。

父ちゃんは唸《うな》っとりましたが、ちぃとぐったりして、ほんで、ぴくりとも動かんくなりました。

以上のとおり録取して読み聞かせたところ誤りのない事を申し立て署名指印した。

## 供述調書　その2

本籍　広島県広島市中区本町二丁目五番
住居　広島県広島市中区本町二丁目五番七号
職業　無職
氏名　上林　成浩
　昭和三三年三月一七日生（一四歳）

右の者に対する【殺人罪】被疑事件につき、昭和四七年六月一四日広島中警察署刑事課取調室内において、本職は、あらかじめ被疑者に対し自己の意思に反して供述する必要がない旨を告げて取り調べたところ、任意次の通り供述した。

本日はわしが両親を殺した理由についてお話しいたします。
母ちゃんがわしを殴ったことは一度もありませんでした。むしろ、わしや父ちゃんを食わせるために日雇いの仕事を続ける献身的な人間でした。

ほいじゃけど、それ以上に母ちゃんは、臆病《おくびょう》な人間でもありました。怒鳴り声をあげてわしを何度も殴る父ちゃんと、わしが殴られよるんを尻目《しりめ》に沈黙を貫く母ちゃん、わしの家には、わしを殺そうとする人間が二人おったんです。母ちゃんが父ちゃんに口答えせんのも、初めは仕方ない思うとりました。母ちゃんにとって、あん拳が自分に向けられるんは、想像もしとうないことじゃろうと思うとりました。

ほぃじゃけぇ母ちゃんは、わしを殴った父ちゃんが表に出てったあと、床にうずくまるわしに駆け寄って、黙って背中をさすってくれました。ただただ、母ちゃんは黙って泣いとりました。父ちゃんへの恐怖なんか、わしへの心配なんか、わしは母ちゃんが泣いとる理由もわからず、自分の背中から伝わってくる母ちゃんの体温を感じることで、殴られた痛みを忘れようとしとったのかもしれません。

ほぃじゃけどある日から、わしは父ちゃんに殴られとる最中に、自然と視界に入ってくる母ちゃんの黙り込んだ顔を見て、命の優先順位ちゅうもんを知るようになったんです。

母ちゃんが黙っとんは、父ちゃんが怖いけぇとか、わしをかばう力がないけぇとかでもない、自分が殴られんことに、こん人は安心しとるんじゃと、そう思うようになったんです。

自分が殴り殺されるぐらいなら、息子のわしが殴り殺されるほうがええ。こん人は自分でも気づかん腹ん底でそう思うとるんじゃと感じるようになったんです。

わしの背中をさすりながら泣いとったんは、単なる安心にすぎんのじゃと、結局こん人も自分が一番大事なんじゃと気づいた時、母ちゃんの黙り込んだ顔が無性に腹立たしゅう思うようになりました。ほいじゃけえ、殺した理由をあげるんなら、母ちゃんは、わしが殴られよるん見て見ぬふりしとったけぇ、一緒に殺しました。父ちゃんを殺したわしを、母ちゃんは腰抜かして動けんまま、ただ見とりました。

わしが近づくと母ちゃんは必死で後退《あとずさ》りし、唇を震わせてわしを見上げとりました。

わしは手に握っとった包丁を床に置いて、母ちゃんの顔を両手で摑みました。

この目じゃ、怯《おび》えるこの目が現実見んかったけぇ、わしは十年以上も父ちゃんに殴られ続けてきたんじゃ。

そん目が今はまるでわしが悪者じゃったかんような怯えた目でわしを見よる。

なんでそがいな目でわしを見よるんじゃ

わしはそう言いながら、両手の親指を母ちゃんの眼球に抉《えぐ》り込ませました。

ぎゃああ

という唸り声と共に、母ちゃんは身《み》悶《もだ》えとりました。

十年以上も沈黙を通しとったんに、こん時だけ大声を出しゃあがる。皮肉なもんじゃ思いました。

ほいでさっき床に置いた包丁を右手に握り、母ちゃんの腹部を数回刺しました。そのうち母ちゃんもぴくりともせんようになったんで、包丁を捨ててわしは家を出ました。

以上のとおり録取して読み聞かせたところ誤りのない事を申し立て署名指印した。

## 2

呉原駅から十分ほど歩くと、夜にだけ屋台の並ぶ通りがある。

火《ひ》灯《とも》し頃になると、仕事帰りのサラリーマンやＯＬたちでにぎわう。焼き鳥や串《くし》カツ、おでんのほかに、ラーメンやお好み焼きなどもあり、夕飯代わりに腹ごしらえしていく人も少なくない。

その赤ちょうちんのひとつで、日岡はつまみも食べず、酒を飲み続けていた。

「あんた、よう飲むのう。なんか嫌なことでもあったんかいの」

ひとり客の日岡が退屈そうに見えたのか、店の親父が話しかけてきた。

日岡は無視した。普通の会社員なら、親父相手にちょっとした仕事のミスや上司の愚痴を垂れ流すのだろうが……。

「愛想がなぁのう」

親父はムッとしているが、お愛想に軽口を叩《たた》く気にもなれなかった。

このまま手をこまねいて、上林組の暴走を見ている訳にはいかない。

だが大上は、警察との癒着をネタに五十子を脅して殺された。慎重にならざるを得ない。

なんの方策も見当たらず、苛立《いらだ》ちと焦りが酒を進ませる。

何杯目かのチューハイを飲み干した日岡の隣りに、若い男性客が座った。

「いらっしゃい」

とりあえずビールね、などと声がかかるかと思えば、客は無言だ。

親父が別の客に呼ばれて行ってしまうと、日岡は煙草をくわえて言った。

「……何しょーんじゃ？」

隣りの客は、チンタだった。たまたま通りかかって、日岡を見かけたのだろうか。

「こがぁなとこで油売っとってええんか？　お？」

チンタは何も言わず、体をゆらゆらさせながら一点を見つめている。

「……なんじゃい、シャブ食うたような目ぇしよって――」

日岡はハッとして真顔になった。チンタの手に、拳銃《けんじゅう》が握られている。

「死ねやわりゃぁ！」

チンタが拳銃を構える。とっさに突き飛ばすと同時に発砲音がした。

「うおっ！」

親父と客が反射的に身を屈《かが》める。

幸い銃弾は誰も傷つけることなく、屋台のビニールの天幕を突き抜けた。

日岡は屋台から転がり出ると、全速力で駆けだした。

「待てやこらぁ！」

チンタが追ってくる。

日岡は、人通りの少ないほうへ足を向けた。チンタは間違いなくシャブを打たれている。幻覚妄想状態であれば、所構わず銃を乱射しかねない。

日岡は人気のない路地に駆け込んだ。

「わりゃどこ行ったんじゃあ！」

身を潜めていた日岡は、鼻息荒く歩いてきたチンタにゴミ箱で殴りかかった。

揉《も》み合いながら、銃を持つチンタの手をつかんで壁に押しつける。

「なんの真似じゃいわりゃぁ！」

「離せやっ！」

チンタが日岡の手を力任せに振りほどき、立て続けに発砲する。

日岡はのけぞって地面に倒れ込んだ。

腰の銃を出す前に、チンタが額に銃を突きつけてきた。瞳孔《どうこう》が散大した目に異様なほど力をみなぎらせ、威嚇するようにフーフー荒い息をしている。

「……上林にシャブもろうて、鉄砲玉に転身かいや、お？」

血走った目で見下ろしているチンタに、日岡は諭すように言った。

「のうチンタ……こんなのおかげで、じかに上林をパクれるんじゃなあの。ほうじゃろう？」

「うそじゃ！　そがいなこと言うとったら殺《や》られてしまう……もうやらんと、どがいもならんのじゃあ！」

その時、パトカーのサイレンが鳴り響いた。

チンタがハッと顔を上げて振り向いた。すかさず脚に飛びついて倒す。その勢いで、チンタの手から銃が飛んでいった。

ふたり争って銃に突進する。一瞬早く、チンタが銃を握った。その腕を日岡が押さえつけ、勢いでチンタが引き金を引く。

これだけ銃声が響けば、そろそろ誰かが警察に通報するだろう。

再び揉み合いになった。

――ええい。

日岡はチンタの銃を自分に向けると、指を重ねて自ら引き金を引いた。

銃声と同時に、腹を押さえてくずおれる。

チンタはびっくりしたように、尻餅《しりもち》をついて自分の銃を見つめている。

「逃げえ……」

腹からおびただしい血を流しながら、日岡は声を絞り出した。

「は……早《はよ》う逃げえ！」

「……ひーさん……」

チンタは青ざめながらも、目の焦点が合っている。やっと正気に戻ったようだ。

「これで……こんなの顔も立つじゃろ……逃げえ！」

激痛を覚悟して怒鳴る。

チンタが、泡を食ってその場から逃げだしていく。

もうあまり時間がないことは、激痛の中ではっきりと自覚していた。

『――昨夜、呉原市で男性警察官が銃撃される事件がありました。事件があったのは、昨夜午前零時頃。呉原市南中央の路上で男性が血を流して倒れていると、通行人から通報がありました』

上林は煙草をくゆらせながら、ダイニングのテレビに流れてきたニュースに見入っていた。

「ようやったのうチンタ、食え食え！」

隣室のリビングでは、チンタを囲んで佐伯たちが盛り上がっている。

上林は、ちらりとそちらに目をやった。

「いただいてますっ」

顔を傷だらけにしたチンタが、うまそうにハンバーガーを頬張っている。数時間前に本部に現れ、ゆうべ日岡を殺ったと報告してきたのだ。

『警察官が駆けつけたところ、呉原東警察署刑事課の男性巡査が路地裏で仰向けになって倒れており、病院に運ばれましたが、意識不明の重体となっています』

男性アナウンサーの声に、上林はまた画面に目を戻した。

『現場近くには銃弾五発が見つかっており、目撃者もいないことなどから警察は――』

画面に映し出された路上に、大量の血痕《けっこん》が残っている。右上のテロップには、『犯人は不明、目撃者はなく捜査は難航か』とあった。

上林はテレビを消し、リビングに入っていった。

「……オヤジ、どがんしました？」

佐伯が怪《け》訝《げん》な顔をする。機嫌がいいどころか、虫の居所が悪い様子だからだ。

上林は答えず、チンタの傍らにしゃがんで言った。

「なんで、とどめ刺さんかったんじゃ」

ハンバーガーをパクついていたチンタは、驚いて手を止めた。

「え……いや、動かんようになったんで、もう死んだんかと――」

「デカとなんぞ取り引きでもしたん違うんか？」

「……いやぁ、わしゃそんな」

引きつった笑みを浮かべる。

「五発もぶっ放して、目撃者がおらんようなことがあるんかのう。身内がやられりゃ見境なくクソもミソもパクるんがデカいうもんじゃ。ほんでもまったく動いとりゃせんじゃない」

おかしなことばかりだ。あのニュースを簡単に信じるほど、上林が間抜けだとでも思っているのだろうか。

「でもほんまです、オヤジ。わしゃほんまオヤジのために――」

チンタは必死に潔白を訴えるが、上林は耳を貸さずに立ち上がった。

「おい、ドスあったかのう」

「へい」

土屋が引き出しから白鞘《しろさや》の匕首《あいくち》を出した。

「いやいや、オヤジ……」

チンタは青ざめた。

「そこまで言うなら、見せてもらおうかのう」

上林はその匕首を、チンタの前に置いた。

「わしをほんまに親じゃぁ言うなら、指の一本や二本、惜しくないはずじゃ」

言いながらテーブルの向こう側に座り、それこそ鋭利な刃物のような目でチンタを見つめる。

「は……」

指を詰めろというのだ。

チンタは、救いを求めるように周りを見た。

さっきまでの和やかなムードは、すでに一変していた。チンタを見る組員たちの顔に、哀れみや同情は微塵《みじん》も見受けられない。

やらねば、殺されるだけだと悟った。

チンタはテーブルの上のものを薙《な》ぎ払って、匕首をつかんだ。鞘を払い、テーブルの上に左手を置いて、小指の第一関節に刃を当てる。

手が震えた。体が緊張で硬くなる。

フッフッと小刻みに荒い息をしながら、チンタは上林を睨《にら》みつけるように見た。

誰かに無理やり切断されるほうが、まだマシだ。

込み上げる吐き気を抑え、息を吸い込んで止める。

「……うあああああ！」

思いきり下ろしたつもりが、刃は骨にさえ達していない。

噴き出した血に佐伯がのけぞり、抱っこしていたシーズーが驚いて膝《ひざ》から飛び降りた。

「だあああああっ！」

チンタは脳に考える隙を与えず、ドスに全体重を乗せた。

力ずくで落とした小指が、絨毯《じゅうたん》の上に転がる。

「うおお、チンタぁ！」

興奮した歓声があがった。

チンタは額に脂汗を浮かべ、ひと言も口をきけないでいる。おやつのジャーキーと間違えたのか、ポテトフライや煙草の吸殻に紛れて落ちていたチンタの小指を、シーズーがくわえて逃げていった。

「アホっ、食うちゃいけんじゃろうが！」

佐伯が慌てて犬を追いかけていく。

「おい細川《ほそかわ》！　なんか拭《ふ》くもん持ってきちゃれ」

「おうおう、ようやったのうチンタ！」

今にも気を失いそうなチンタに、組員たちが口々に声をかける。

上林の顔に、満足げな喜色が浮かんだ。

そこに佐伯が、「指は無事じゃあ」と犬から取り返した小指を持ってきた。

まるでコントだ。

上林が、心底楽しそうに大きく笑う。

断指は普通、最初に指を縛って鬱血《うっけつ》させ、氷水に浸して感覚がなくなってから切断する。そのほうが、痛みも出血も少ない。道具もノミとトンカチで一気に落とせば一瞬で済むが、出刃包丁やドスで骨を切る痛みは、筆舌に尽くしがたいという。

チンタも、二度と味わいたくはないだろう。

　ようやく疑念が晴れ、上林は機嫌よく笑んだ。

シャブを体に入れ、ふうーっと息をついて、腕に巻いていたサラシを取る。

　上林が自室で覚せい剤を打っていると、ノックの音がして、戸倉が入ってきた。

「これ、オヤジ宛てです」

戸倉が持ってきたのはＡ４版の茶封筒で、宛名はワープロの文字だ。封筒を裏返してみた。差出人の名前はない。

戻ろうとした戸倉に、上林はパケを差し出した。

「チンタに渡しちゃれや。痛み止めじゃ言うて」

「へい。失礼します」

戸倉が出ていくと、上林は、差出人不明の封筒を怪訝そうに見つめた。

　その日、真緒がスーパーの買い物袋を提げて帰ってくると、庭から孝一と真理亜のはしゃいだ声が聞こえてきた。

「おおっ、ぶち速いのう」

「うちも早《はよ》うやらせてやぁ！」

庭先で、チンタが弟たちとラジコンカーで遊んでいる。

「……チンタ！」

「おかえりぃ。姉ちゃん、腹減ったわ」

ずっと心配していたというのに、この弟はふらりと帰ってきては、毎度必ず「腹減った」と言う。

「兄ちゃんがラジコン買《こ》うてきてくれたんよ！」

高価な玩具《おもちゃ》などめったに買ってやれないので、孝一も真理亜も大喜びだ。

「……ちょっとこっち来んさい」

真緒は無理やりチンタを道まで引っ張り出した。

「なんじゃなんじゃ。どしたんじゃあ」

「あんた、ちゃんと足洗《あろ》うてきたんよね？」

睨《にら》んで問い詰めた。チンタはごまかすように笑い、目を合わそうとしない。

「……なんしたんよこれ！」

驚いてチンタの左手をつかむ。怪我でもしたのか、包帯が巻いてある。

「何でもないって」

チンタは真緒の手を振りほどき、包帯の手を隠すように少し距離を取った。

「わし、ぶち腹減っとるんよ。姉ちゃん、飯作ってくれんかのう」

「知っとるよね、ひーさんのこと？」

一瞬、チンタが動きを止めた。

「もうあの人の言いなりになっとることないんじゃけえ、早《はよ》う足洗いんさい！」

日岡を撃った犯人を、真緒は知らない。とにかく真緒は、弟がいつか日岡と同じような目に遭うのではと、それだけが不安なのだ。

チンタは答えず、真緒に背を向けて、孝一たちのところに戻っていく。

「孝一、わしにも貸してぇや。……こりゃ難しいのう。どっちが右じゃあこれ」

真緒はカッとした。いつチンタが帰ってきてもいいように、冷蔵庫には、弟の好きな焼きそばや餃子《ギョーザ》が買ってある。そんな真緒の気も知らず、能天気にもほどがある。

チンタからコントローラーを取り上げ、孝一に渡して、「あっちで遊んできんさい」と押しやる。孝一と真理亜は、おとなしく離れていった。

今日という今日は、ヤクザから足を洗うと約束するまで許さない。真緒は腕組みして、チンタを睨みつけた。

観念したらしく、チンタも真顔になる。

「……わしゃまだやめんよ」

　しかし返ってきたのは、真緒の望んだ答えではなかった。

「は？　あんた警察に利用されとるだけよ！　なんでわからんのん――」

「違う、わしゃ自分で決めたんじゃ。やめんど！」

「アホ！」

　真緒は思わずチンタの頰を張った。

　だが、チンタはいつになく真剣で、まっすぐに真緒を見つめてくる。

「……わし、ひーさんは正しいことしちょる思う」

「は？」

「あがいな外道ども、野放しにしちょったらいけん」

　見たことのないような弟の強い眼差《まなざ》しに、真緒は一瞬、気圧《けお》されそうになった。

「……姉ちゃんは認めんよ。足洗うまで帰ってきんさんな」

「心配いらん、じきにカタがつくんじゃけえ」

　すまなそうに笑う顔に、小さい頃、イタズラをして叱られた時の面影が重なる。

　結局何も食べないまま、チンタはバイクにまたがって走り去った。

「チンタ……」

西日を背中に浴びて消えていく弟の姿を、真緒はなす術《すべ》もなく見送る。

じきにカタがつくとチンタは言ったが、何かあるのだろうか。日岡なしで大丈夫なのかと、不安になる。

昨日のニュースでは通行人の通報があったことになっていたが、事実は違う。日岡はあの夜、血だらけで『華』に現れたのだ。

ひとりで閉店後の片付けをしていた真緒は、ドアを開けるなり倒れ込んできた日岡に仰天した。

「……ちょっ、どうしたんよ！」

どうやってここまで来れたのか、不思議なほどの酷《ひど》い出血だった。

「上林組にやられたん？　ねえ、そうなん？」

「……頼みがある……」

「救急車呼ぶわ」

電話しようとした真緒の腕を、日岡の血まみれの手がつかんだ。

「待てや！」

「何言うとるん、死にたいん？」

だが鬼気迫る日岡の表情を見て、真緒は言葉を呑《の》み込んだ。

「ええか……県警本部に、瀬島さんいう刑事がおるけ……その人に連絡してくれ……頼む……」

力を振り絞るように言うと、日岡はそのまま気を失った。

「ひーさん……ひーさん！」

幸い、連絡はすぐについた。瀬島が懇意にしている病院に話をつけてくれ、真緒が知り合いの個人タクシーに頼み込んで日岡を病院に連れていったのだった。

命に別状がないとわかるまで、真緒は病院の椅子で生きた心地がしなかった。あんな思いは、もう二度としたくない。

小屋で鶏が鳴いた。日が完全に暮れるまで、まだ少しある。チンタに何か食べさせてやればよかったと、真緒は今さら後悔した。

日岡は、呉原市内のとある病院の個室に入院していた。

出血は酷かったものの、致命傷となる部位を外れるよう撃ったため、むろん軽傷ではないが、絶対安静というほどの重傷でもない。

それもこれも、迅速に対応してくれた瀬島のおかげだ。

「……じゃ、上林組に協力者がおったいうことか？」

昨日、見舞いにきた瀬島に、日岡は銃撃事件の内幕を話した。

「ほうじゃけえ、わしはかなりの重傷を負ったいうことにしてもらいたいんです」

そのために日岡は、瀬島に連絡するよう真緒に頼んだのだ。救急車を呼んで騒ぎになれば、情報はダダ漏れてしまう。

「そうせんとエスが危ないわな……わかった、マスコミにゃ瀕死《ひんし》の重傷で賽《さい》の河原彷徨《さまよ》っとるいうて伝えとくわ。管理官も適当に煙に巻いとくけえ、安心せえ」

「……さすが公安じゃ」

瀬島になら任せられる。撃たれた時、所轄の同僚たちではなく、この頭の薄くなった丸顔が真っ先に浮かんだ。

「アホ！　冗談言うとる場合か」

顔を見合わせ、声をあげて笑う。

「いてて……」

日岡は腹を押さえながら、上半身を起こした。

「ほいで、上林はどうする？」瀬島が訊《き》く。

「わしが撃たれたことで、上林はすぐにでも尾谷に襲撃をかけるはずやけ、そこを一気に……」

——今日か、明日《あした》か。

個室のベッドに横たわり、日岡はその時を待っていた。昨夜もほとんど眠っていないが、目も頭もすっきりと冴《さ》えている。

そして日が暮れる頃、床頭台に置いた携帯が鳴った。

手を伸ばして携帯を取る。公衆電話からだ。

「はい、日岡……」

「今夜午前零時、呉原に襲撃かける」

それだけ言って、電話は切れた。

チンタの声だった。

日岡から連絡を受けた瀬島により、広島県警本部の会議室には、二十名ほどの捜査員が招集されていた。

「カチ込み？　それほんまの情報なんです？」

半信半疑の中神に、瀬島が声を潜めて言う。

「ここだけの話、エスからの内部告発じゃ」

「えっ、瀬島さん、上林組にエスがおるん？」

「企業秘密じゃ、しゃべれるかい」

瀬島はニヤリとすると、捜査員たちに向き直った。

一同、顔に緊張感を漲《みなぎ》らせている。今夜は、ただの捕り物とわけが違う。相手は武器を持ち、人を殺すことを屁《へ》とも思わない連中だ。

瀬島の顔も自然、引き締まった。

「日岡は動けんけえ、わしらで一網打尽にしちゃろうやぁ！」

「はい！」

出動帽をかぶった捜査員たちが雄々しい声をあげ、一斉に出口に向かった。

上林組は、戦闘前の異様な興奮に包まれていた。

「道具、揃いました」

「よし、行くぞ！」

銃を手にした組員たちが、気勢を上げながら部屋を出ていく。

「オヤジ、準備できました」

別室にいた上林に、戸倉が知らせてきた。

上林は、先日届いた茶封筒の中身を見ていた。

身に着けている派手な赤シャツにストライプの白いスーツは、戦闘服というところか。だがその顔は、硬質な磁器のように冷たく、のっぺりとしていた。外はすでに陽が落ち、湿り気を含んだ風が、木々の葉をざわめかせている。

上林は、暗い庭を抜けて表に出た。車が三台停まっており、組員たちが分かれて乗り込んでいく。

「おう、チンタ、ちぃとええか？」

上林は、ワゴン車の運転席に乗ろうとしていたチンタに声をかけた。

「こんなのバイクの鍵《かぎ》貸せや」

「あ、はい」

チンタがポケットから鍵を出して、両手で差し出す。

上林はそれを受け取ると、佐伯に言った。

「ちぃと用事思い出したけ、先行けや」

「……いっす」

チンタのバイクの傍らに立ち、次々と出発する車を見送る。

上林が煙草の火をつけた時、バイクのシートにぽつっと雨粒が落ちた。

*

小一時間ほど前に降り始めた雨は、あっという間にざあざあ降りになった。

日岡は、道の端に停車したベンツの運転席にいた。

遠目に『株式会社　尾谷組総業』の看板が見える。表向きは建築工事業と運送業を営む、尾谷組の事務所だ。駐車場のパイプシャッターの向こう側に、組員がふたり見張りに立っていた。

煙草を吸いながら、落ち着きなくジッポーの蓋《ふた》を開け閉めする。

零時まで、あと五分——もうそろそろだ。

その時、正面からバイクのヘッドライトが近づいてきた。車のワイパーを止めているので、ドライバーの姿は雨に滲《にじ》んではっきりしないが、黒っぽいレインウェアを着ている。

いずれにしろ、バイク一台だけなら無関係な一般人だ。気に留めずにいると、バイクは車の横を通り過ぎていった。

またじっと前方を見張る。

チンタを除き、上林組は十二人。殺《や》られたら殺り返すのがヤクザの掟《おきて》だ。どちらかにひとりでも死人が出れば、間違いなく抗争になる。

おそらく上林は、手打ちなど頭にない。最後のひとりが死ぬまで、血の報復が繰り返されるだろう。

気が逸《はや》り、ルームミラーにもサイドミラーにも注意が行かなかった。

突然、運転席のドアが開いて日岡はハッと横を向いた。

サングラスをかけた、黒いレインウェアの男がニヤッと笑う。ついさっき、バイクで通り過ぎた男だ。

「瀕死の重傷じゃぁ言うとる人間が、こがぁな雨ん中、何しょーるんね？」

上林――！

銃を出す前に、胸倉を摑《つか》まれて車から引っ張り出された。

その拍子に手から銃が落ち、路上に転がった日岡の腹を上林が蹴《け》りつける。

「ぐあっ！」

日岡は苦痛に顔を歪《ゆが》めた。

「……なんじゃい。ほんまに撃たれとったんかい」

足で傷口を踏みつけられ、日岡は悲鳴をあげた。

尾高組に近いビルの二階で瀬島たちが待機しているが、激しい雨音のせいで日岡の声は届かない。

上林が、日岡の胸倉を摑んで立たせる。

「今夜はカチ込みしちゃろう思うとったんじゃがのう、サツに筒抜けじゃけえ予定を変更したんじゃわい」

そう言うと、思いきり日岡を車体に叩《たた》きつけた。

「ぐっ！」

地面にずり落ちた日岡のこめかみに、間髪いれず強烈な蹴りが飛んでくる。

血を噴きながら倒れた日岡の手に、拳銃《けんじゅう》が当たった。とっさにグリップを握って上林に向ける。

すかさずその手から上林が銃をもぎ取り、遠くに投げ捨てた。片手で日岡の頭を、片手で喉《のど》を摑んで車に押さえつける。

「あんたが、オヤジをハメた黒幕じゃったとはのう……」

血まみれの日岡の顔を自分に向けて、上林が言う。

「……アホか、なんでわしがそがぁなことせにゃあいけんのんじゃ――」

「大上が殺されて、頭に血が昇っとったんじゃなあんね、え？」

雨脚は強くなる一方で、白い矢のような雨が顔面に絶え間なく降り注いでくる。

「刑事じゃぁいうて人間じゃ。大事じゃあ思うとるもんが無様に殺されりゃ、神も仏ものうなって鬼畜にもなりよる……ほうじゃろう？」

上林に首を絞められ、日岡は声が出せない。

「どうなんじゃい！」

勢いよく道路に倒される。日岡はヒューヒューと咳《せ》き込み、海老《えび》のように体を折り曲げた。

「わりゃあ、おまけにスパイまで仕込んじょったそうじゃのう」

内心どきりとしたが、顔には出さずに体を起こそうとする。

「……スパイじゃと？　何の話じゃ……」

上林は短く息を吐くと、レインウェアを脱ぎ捨てた。

日岡を呆《あき》れたように見下ろし、憤怒《ふんぬ》の形相で何度も拳《こぶし》を振り下ろす。

「あんたが面倒見とった犬じゃろうが！　バレたら見捨てて知らん顔かいや！　おどれらはいつも汚いのう！」

名無しの茶封筒の送り主は、以前、もつ焼き屋で接触してきた高坂というブンヤだろうと上林は当たりをつけていた。

なぜなら、封筒の中身が隠し撮りした写真だったからだ。

高級ラウンジで日岡が溝口や角谷と密会している写真が数枚と、そして、日岡とチンタが、いろんな場所で一緒に写っている写真が何枚も——。

上林の靴のつま先が、日岡の腹の傷口に捻《ね》じ込まれた。

「うがあっ！」

「ほれ、誰が犬なんか正直に言うてみいや！　早《はよ》うせんと、わしの靴が貫通してしまうで」

傷口が開き、日岡のシャツが真っ赤に染まっていく。

「……し、知らん！　犬なんか知らんわいっ！」

上林を睨み上げ、目の前にあった足に嚙《か》みついた。

「……腐れ外道が！」

罵声と共に上林に引き剥《は》がされた日岡は、車のそばまで突き飛ばされた。

水溜《みずた》まりのような道路を這《は》い、運転席に手を伸ばして思いきりクラクションを鳴らす。そこで、力尽きた。

零時を過ぎ、今か今かと待ち構えていた瀬島たちの耳に、突然車のクラクションが鳴り響いた。

瀬島が窓を開け、身を乗り出す。

「日岡のベンツじゃ。こりゃいけん！」

「大変じゃあ！」

瀬島と中神が慌てて出口に向かう。ほかの捜査員も続いた。

「こらぁ！ 何しょーんじゃ！ 警察じゃ！」

土砂降りの道路に飛び出した瀬島たちが、怒号を発しながら駆けだしていった。

その間に上林はゆっくりとサングラスをかけ、車に寄りかかって座っている日岡の前にしゃがみ込んだ。

「……おどれがどがいな人間か、ようわかったわい」

日岡のスーツの襟を整えながら言うと、立ち上がって去っていく。

朦朧《もうろう》としている日岡の頭の中で、赤信号が激しく点滅していた。

「……チンタ……」

立ち上がろうとするが、体に力が入らない。

上林は再びバイクに乗り、エンジンをかけると、向かってくる瀬島たちと反対方向に走りだした。

「日岡！」

ようやく瀬島と中神が駆けつけてきた。

「どがぁした、誰がこがぁなこと！」

ボロ雑巾《ぞうきん》のような日岡を両側から支えようとする。

「チンタ……チンタが……！」

すぐに保護してくれ——日岡は懸命に声を絞り出した。

その頃、チンタはとある駐車場に停めたワゴン車の中にいた。

広島と呉原のちょうど中間あたりにあるうら寂しい駐車場で、後部座席の佐伯から、ここで車を停めるように言われたのだ。

フロントガラスに叩きつける雨を、ワイパーが規則正しく拭《ぬぐ》う。

雨に降りこめられた車内にいると時間の感覚が失われるが、もう三十分近く経ったのではないだろうか。

車の時計を見ると、もう零時を過ぎていた。

チンタは、ちらっとルームミラーに目をやった。佐伯はシートに背中を預け、煙草をふかしている。

今夜のカチ込みは中止になったのだろうか。それに、上林はいったいどこへ――。

その時、黒い乗用車が一台、駐車場に入ってきた。上林組の車だ。

戸倉たち若い衆が、傘を差して次々と車から降りてくる。

――ヤバい。

瞬間的に第六感が告げた。

自分だけ、なにも知らされていない。最悪のシナリオだ。

チンタは、さりげなくドアを開けた。

「どこぞに行くんじゃ？」

佐伯が訊《き》いてくる。

「……いやわし、オヤジの煙草、買い忘れちょったんで……」

外に出たチンタを、戸倉たちが取り囲んだ。

「煙草じゃったらわしが持っとるけ、買わんでええわ」

声にも目にも態度にも、はっきりと悪意が満ちている。

考える間もなくズボンに挟んだ銃を摑《つか》んだ。その手を戸倉が摑む。

「チャカなんぞ出してどうするんな！」

「……こうするんじゃ！」

振り払いざま引き金を引いた。弾が戸倉の腕をかすめていく。

「どけや！」

チンタは男たちに体当たりして、近くの階段を駆け降りた。

「待てやわりゃ！」

若い衆が傘を捨て、束になって追ってくる。

もう一台の車からも男たちが降りてきた。

道路下のトンネルを全力で駆ける。

男たちが後ろから撃ってきた。トンネルの中に銃声が響動《どよ》む。

チンタも走りながら銃を後方に向け、立て続けに発砲した。

また前を向いて走りだしたとき、足に火で焼かれたような痛みが走った。

トンネルを抜けたところで倒れ、追っ手に発砲しながら逃げようとしたが、弾が貫通した足では立ち上がれない。

「……クソぉ……！　たいぎいのー……」

腹這《はらば》いになって階段を上がっていく。

階段上の道路に、バイクが走ってきて停まった。

雨音のせいでチンタは気づかず、急に銃声が止まった後ろを振り返った。

戸倉たちは、なぜかトンネルの出口で立ち止まっている。

必死で階段を上り切ったチンタの目の前に、誰かの足があった。

ストライプの白いズボン——顔に雨を受けながら見上げる。

「惨めじゃのう」

ずぶ濡《ぬ》れになった上林が、チンタを冷たく見下ろしていた。

「尻尾《しっぽ》振って、残飯恵んでもらわにゃ生きていけんのんじゃけえ」

「……黙れやぁ！」

唸《うな》りながら、上林の足元まで両腕で這いずっていく。

いつバレたのか。ひーさんはどうなったのか。恐れより、ただ怒りが渦巻いていた。

以前のチンタなら、泣いて命乞《いのちご》いをしたかもしれない。だが、これは日岡にやらされたのではない、真緒にも言ったように自分が決めたことだ。

「惨めなもんじゃわい……」

上林の声に、どこか残念そうな響きがあるのは気のせいだろうか。

「……バカにすんなぁ……われクソがぁ！」

チンタは、白いズボンに手を伸ばして握り締めた。

上林がチンタの髪を摑む。

うなじに冷たい感触――銃口が当たった。

自分の死への恐怖より、この先も上林が世の中に存在することに怖気《おぞけ》が走った。

次の瞬間、雨音に混じって銃声が響いた。

上林は、チンタから手を離すと息を吐いた。

嚙《か》み癖のある飼い犬は殺すしかない。苦しまないよう一発で死なせてやったのは、せめてもの情けだ。

ふと見ると、肌身離さず持っていたのだろう、たった今用済みになったチンタのパスポートが、階段の途中で雨に打たれていた。

＊

雨は明け方にやんだ。

運転席に朝陽が射し込み、一瞬、目の前が真っ白になる。

日岡はクラクラする頭を振り、ハンドルを握りしめた。

つけっ放しのカーラジオから、ニュースが流れてきた。

『遺体の身元は、呉原市呉原南在住の韓国籍、ソン・ジャンフンさん二十歳と思われ、呉原東署では殺人事件と見て捜査を進めており――』

日岡はラジオを切って、ハンドルに手を打ちつけた。

なにかの間違いだ。自分に言い聞かせながらアクセルを踏む。

近田家の前の道には、テレビカメラを構えたマスコミの人間や、興味本位で集まった野次馬の人だかりができていた。

手前でベンツを停め、外に降り立つ。

「押すな、邪魔じゃあ!」

「詳細を教えてくださーい」

「なにしよるんじゃあ、倒れるじゃろうが!」

「被害者の状況は――」

人だかりに近づいていくと、さまざまな声が乱れ飛んでいた。他人の不幸に飢えた集団を、交番の制服警官が必死に押さえている。

「……どいてくれや。どけや! どいてくれ!」

日岡は人々を強引に掻《か》き分け、黄色と黒のトラロープを潜って中に入った。

狭い庭の中に、パトカーが数台停まっている。

その庭の隅で、女性警察官に保護された孝一と真理亜が、毛布をかけられうずくまって泣いていた。

ほかの捜査官と一緒にいた瀬島が、日岡に気づいた。

「……すまん、間に合わんかった……」

日岡は呆然《ぼうぜん》として、視線を転じた。

縁側に、婦人警官に付き添われた真緒が座っている。

「行かんほうがええ。な？」

歩きだした日岡を、瀬島が止めた。

「行かんほうがいい、のう日岡！」

「日岡！　おい！」

近くにいたほかの捜査官たちも、日岡を押さえようとする。

日岡はみなを振り払い、数歩進むと、瞬《まばた》きもせず真緒を見つめた。

真緒が日岡に気づいた。血の気のない顔でふらふらと立ち上がり、日岡に近づいてくる。

「……帰れ。一歩でも足踏み入れたら許さんよ！」

顔面蒼白《そうはく》だが、目に凄《すさ》まじい怒気をはらんでいた。

日岡は、鑑識班のいる鶏小屋に足を向けた。

小屋の外から写真を撮っている職員の肩越しに、見覚えのある柄シャツが見える。

心臓の鼓動が、うるさいくらいに大きく打った。

狭い小屋の中に、チンタが寝かされている。

吐き気をこらえ、少しずつ近寄っていく。

絶望が、昨夜の雨雲のように胸を覆い尽くした。

喉《のど》に風穴が開いて、生きている人間はいない。

両の眼球を失ったチンタの目を、鶏が突《つつ》いていた。

まさかこの遺体を発見したのは、卵を取りにきた孝一と真理亜なのか——。

脚が震えそうになった時、真緒が日岡に摑みかかってきた。

「出ていけ言うとるじゃろうが、この人でなし！　あんたが来たけえチンタが！」

人だかりのほうへ押し戻され、その勢いで尻餅《しりもち》をつく。

女性警察官と刑事が真緒の両脇を取り、家に連れていこうとする。

「あんたのせいやあああ！」

ヒステリックに泣き叫ぶ真緒の声を聞きながら、日岡は呆然と座り込んでいた。

「刑事さん！　いやぁビックリしたで〜。あんた、ソンの姉ちゃんとええ仲じゃったんじゃろ？」

すぐ後ろで耳馴《みみな》れた声がして、日岡は振り向いた。

群衆の一番前にいる男――安芸新聞社の高坂だ。日岡にカメラを向け、連続してシャッターを切っている。

日岡の表情が一変した。

「……貴様かっ！」

激高して高坂の胸倉を摑《つか》む。

日岡が尾谷組を使うなら、目には目をで上林に接近したというわけか。五十子殺害に日岡が関わっていると、上林に耳打ちしたのもこいつだろう。

「なんしょーるんじゃ！」

「われがチンタを売ったんじゃろうが！　おう⁉」

日岡に仕返しするのはいい。だがスクープ欲しさに、なんの関係もない人間を死に追いやるなど許されるはずがない。

「おう見てくれや！　公権力が暴力振るいよったぞ！」

高坂が大仰に騒ぎ立て、ほかのマスコミがいっせいに日岡にカメラを向ける。

「日岡、離さんかい！」

さっきから瀬島たちが必死で日岡を引き離そうとするが、怒りに目が眩《くら》んで高坂を叩きのめす以外なにも考えられない。

「痛い痛い痛い！　暴力じゃあ」

「やめえや、こがぁなとこでっ！」

瀬島が体ごと間に入って止めなかったら、日岡は高坂を半殺しにしていたかもしれなかった。

「記者に手出すとか……血迷っちゃったの？」

広島県警本部の会議室。

嵯峨に呼ばれた日岡は、イライラしながら椅子に座っていた。

「……あの記者は、わしの行動を監視しとったんです。こそこそ盗撮して、情報を上林に売っとったんですよ！」

「なんだよそれ、陰謀論？」

日岡の前に立った嵯峨は、小馬鹿にした笑みを浮かべた。

部屋の隅では、瀬島が心配そうにふたりを見守っている。

「陰謀かどうか、証拠は取ってきますけえ」

これ以上、時間を無駄にされたくない。下から嵯峨を睨《にら》みつけて言うと、日岡は立ち上がって出口に向かった。

「黙って座れよてめえっ！」

怒声が会議室に響く。

下手に逆らえば、捜査から外されるかもしれない。仕方なく足を止め、嵯峨を振り返る。

「ソンはお前のエスだったんだろ？　あ⁉　お前のために動いて殺されたんじゃねえのかよ」

まだ血を流している傷口を抉《えぐ》られ、日岡は思わずカッとなった。

「……わしは抗争を防ぐために彼の情報を！」

「なにが情報だよ、００７にでもなったつもりかてめぇ」

鼻で笑ったかと思うと、嵯峨はいきなり日岡の首根っこを摑み、テーブルに頭を叩きつけた。

「広島の治安守ってんのはテメエだけじゃねえんだよ、タコ！」

力ずくで押さえつけられ、日岡は身動きが取れない。

「管理官！」

思わず立ち上がった瀬島に、嵯峨がぎょろりと目を剝《む》く。

とても口を出せる雰囲気ではない。瀬島は口をつぐみ、おとなしく腰を下ろした。

嵯峨は日岡から荒っぽく手を離すと、不自然に穏やかな口調に戻った。

「……それでさ日岡くん、もう捜査はいいから、始末書書いて」

神原千晶が殺害された事件の報告書、送致済みのクラブ『ＭＯＣＨＡ』のカチ込み事件、そして昭和六十三年の五十子殺害事件の資料を、どさどさと日岡の前に置く。

「書類なんぞ書いとる暇はわしには！」

「いいから黙って書けよ！　三年前の五十子の事件のことも全部！」

また声を荒げて、資料を日岡のほうへ薙《な》ぎ払う。

「俺らいちおう公務員だからさ……書類が必要なの。わかる？」

有無を言わせぬ視線で見下ろされ、日岡は言葉を呑《の》んだ。これ以上抗《あらが》えば、本当に任務を解かれてしまう。それだけは避けたい。

その時、中神が血相変えて飛び込んできた。

「管理官！　銃撃事件です。尾谷の組員が撃たれました」

日岡の恐れていたことが、とうとう現実になってしまった。

銃弾の餌食《えじき》になったのは、尾谷組の若衆の柳島だった。

呉原市内の路上で、車から降りたところを撃たれたという。

現場にいた花田が、日岡のせいだ、日岡をここに呼べと大暴れして、警察とひと悶《もん》着《ちゃく》あったらしい。

神原千晶に始まって、溝口、角谷とその妻、チンタ、柳島……ほかにもいるかもしれない。上林が出所してほんのわずかの間に、いったい何人の命が奪われたことか。

西日の射し込む瀬島のアパートで、日岡はうつむきがちにじっと一点を見つめていた。

　この三年、鼻息荒く一匹狼でやってきた。自負もあった。ヤクザから市民を守っているのは、自分なのだと。だがどうだ。上林という、常軌を逸した人間がたったひとり現れただけで、このザマだ。

あんたのせいや——泣き叫ぶ真緒の声が耳から離れない。

百合子が黙ってお茶を出し、静かに台所へ戻っていく。

「……別に始末書くらい、書きゃあええじゃない、あんたじゃって、正義じゃあ信じてやってきたんじゃろう？」

慰めなのか説得なのか、瀬島が言った。

「そがぁなもん書いたら、わしゃ終わりです。管理官は……いや、上層部は、わしに弱みを握られとるもんで、わしが邪魔なんです……ほうじゃけえ、わしが五十子殺しに荷担しとったいう証拠が、どうしても欲しいんです」

ぽつぽつと話しながら、次第に肩が落ちていく。

「わしゃ、そがぁな罠《わな》にハマりゃせんですよ、絶対……」

言葉とは裏腹に、日岡は途方に暮れたようにうなだれた。

大上はヤクザと警察の間で微妙にバランスを取りながら、どちらかに偏ることなく、何年も際どい綱渡りをしてきた。大上にできて、自分にできないはずはない——そう思いながら、自らの手で大切なものを失ってしまった無力感に打ちのめされる。

「大上も罪な男じゃ……兄ちゃんみとうな若い刑事に、そがいに重たいもん背負わせて……」

瀬島は大きくため息を吐くと、意を決したように日岡に向き直った。

「のう兄ちゃん、わしに手伝わせてくれんか？」

「え？……」

「定年間近のロートルじゃ、失うもんはありゃせんのじゃけえ……最後くらい、組織に爪痕《つめあと》残しちゃりたいんじゃ」

日岡は思わず顔を上げた。

「……ほんまですか？」

瀬島は身を乗り出して、日岡の目をまっすぐ覗《のぞ》き込んだ。

「わしら、相棒じゃないの」

孤立無援の闘いに疲れていた日岡に、その言葉は骨身に染みた。

煮物の味見をしていた百合子が、そっとふたりを見て口元を緩める。

その夜、日岡と瀬島は遅くまで話し込んだ。

三年前の五十子正平殺害事件を発端にした自身の捜査について、日岡は瀬島にすべて告白した。そのうえで、現状を打開する糸口をふたりで模索していくことにした。


瀬島のアパートを出て、車を停めた路地に向かう。

自分ひとりでは探し出せなかったものも、見えてくることがある。瀬島とじっくり話したおかげで、日岡はだいぶ冷静になれた。

暗がりの中、ベンツに乗ろうとしていると、突然、肩を摑《つか》まれた。

マル暴の刑事をしていれば、夜道で襲われることなど日常茶飯事だ。

振り返りざま、脊髄《せきずい》反射的に拳《こぶし》を振り上げる。

「待てぇ、わしじゃ！」

相手の顔面に当たる直前で拳を止めた。

ぼんやりした外灯に照らされた顔は、高坂だった。

「……わりゃぁ性懲りもなくふらふらしやがって！」

「誤解じゃ！　わしゃソンを売っとりゃぁせん」

チンタの名が出たとたん、冷えた頭があっという間に沸騰した。

「われしかおらんじゃろが！」

高坂の首を絞め上げる。

「話を聞けぇや！」

高坂は、なんとか日岡を振りほどいた。

「自分の顔、よう見てみいや。そもそもこがぁになったんは、あんたら県警が上林を野放しにしたけぇじゃなぁんか」

「あ？」

「とぼけんな！　ピアノ講師が殺された事件じゃ。いまだ手掛かりなしいうて、ありえんじゃろ。なんで上林をパクらんかったんじゃ」

「そりゃ、物証がないけ……」

「物証もヘチマもあるかい！　連中は、証拠隠滅なんぞなんもしちょらんいうて笑《わろ》うちょったぞ」

「……なんじゃと？」

日岡の推察どおり、高坂は確かに上林と接触した。

上林がよく子分を連れていくもつ焼き屋で、高坂のほうから声をかけたのだ。

「……じゃああんた、オヤジをハメたデカを知っとるんね」

「当然じゃあ。ただ、命がけで取った情報を、簡単にゃあ渡せんがのう」

「命がけなんはわしらも一緒じゃ。相手が県警じゃろうが刺し違えちゃるわい！」

杯を重ねながら、上林は上機嫌でべらべらとよくしゃべった。

高坂もビールの韓国焼酎《しょうちゅう》割――爆弾酒を四、五杯も飲んだだろうか。頭が割れるような二日酔いと引き換えに、いくつかの貴重な情報を手に入れた。

だが、それなりに修羅場を潜ってきた高坂も、上林と顔を合わせるのは二度とごめんだった。新聞記者という職業柄、救いようのないクズや同情の余地のない凶悪犯とも接してきたが、あの男は、人間の体温みたいなものがまるで感じられなかった。

「――おかげで広島は昭和に逆戻りじゃなぁか。県警は、端《はな》っからそれが目的じゃったんじゃなぁんか？」

高坂の言葉に、日岡はハッとした。

「あんたの仕切りが気に食わんけえ、上林を野放しにして、わやくちゃにしよったんじゃ……そうとでも考えにゃ、説明がつかんじゃろう！」

そもそも、日岡だけがなぜ神原千晶殺害事件の捜査本部に呼ばれたのか、自分でもおかしいと思っていたではないか。

――ま、餅《もち》は餅屋って言うしな。五十子会周辺の捜査は、日岡くんに担当してもらおうかのう――

余裕たっぷりにニヤニヤしていた嵯峨。

「……まさか」

日岡は愕然《がくぜん》とした。最初から、嵯峨の書いた筋書きだったと……？

翌日の午後、日岡が県警本部の鑑識課に足を運ぶと、鑑識官の沢渡はドアに背を向け、帰り支度をしているところだった。

振り返った沢渡は、部屋に立っている日岡に気づいてぎくりとした。

「科捜研からの報告はまだですか？」

前置きなしに日岡が訊《き》くと、沢渡は「いや」と首を横に振った。

「こら迷宮入りもあるかもわからんのう」

そう言って出ていこうとした沢渡の前に、日岡は立ち塞《ふさ》がった。

「いま、科捜研におる知り合いに会《お》うてきたんですわ」

「え？」

「そいつが言うには、被害者の膣《ちつ》内から検出された精液が、前科者リストと一致しとるいう話でした」

「……いやぁ、わしゃそがいなこと聞いとらん――」

沢渡はぎこちなく笑いながら、逃げるように背を向けた。

その胸倉をすかさず日岡が摑み、机に押し倒す。

「上林と一致しとったんじゃないんか！」

「ちょ、ま、待てや！」

「あんたらなんがしたいんじゃ！」

銃を出して、沢渡の鼻先に突きつけた。

「わ、わしゃ本部の方針に従っただけじゃ！」

「方針じゃと？」

「ほほ、ほうじゃ、本部は端から上林を泳がす方針じゃったんじゃろうが！」

沢渡が怯《おび》えたように叫ぶ。

「公安まで入れた作戦じゃぁ言われたけえ！」

「……公安……？」

瞬間、日岡は頭から冷水を浴びせられた気がした。


瀬島のアパートの扉を乱暴にノックする。

いくら叩《たた》いても返事はない。ドアにかかっていた表札も無くなっている。

ここに来る前、捜査本部に寄ってきたが、相棒の日岡のせいで瀬島は捜査から外れたと、中神から嫌味交じりに教えられた。

「なんですか？」

怪訝《けげん》そうな声に、日岡は振り返った。

どこかに出かけていたらしい隣りの老人が、訝《いぶか》しげにこちらを見ている。

「あの、瀬島さんは？」

日岡が訊くと、老人は「瀬島さん？」と首をかしげた。

「この部屋の人です。電話もかからんのんです、なんか知らんですか？」

「知らんもなんも、そこはずっと空き家じゃ」

「……は？」

関わり合いになりたくないのか、老人はそう言うと、そそくさと鍵《かぎ》を開けて部屋に入ってしまった。

背中に嫌な汗が流れる。

日岡は、レバー式のドアノブに手をかけた。ゆっくりと下ろす。

鍵のかかっていない扉は、簡単に開いた。

部屋は、もぬけの殻だった。

靴のまま中に上がる。百合子が料理を作っていた台所も、瀬島と酒を飲んだ居間も、最初から何もなかったかのようにがらんとしている。

呆然《ぼうぜん》と立ち尽くしていると、玄関の上がり框《がまち》の隅に、何か落ちているのが見えた。

戻って拾い上げる。それは、仏壇に飾られていた、瀬島の息子の遺影だった。

このガラスの割れた写真立ての中の野球少年は、いったい誰なのか。急いでいたとはいえ、大事な息子の遺影を、こんなふうに粗雑に扱うわけがない。難病で死んだなどというのは、日岡に同情させるための作り話だったのか。

そしておそらく、妻役の百合子も公安の女性警察官だ。息が合っていたところを見ると、瀬島と昔からコンビを組んでいるのかもしれない。もしかすると百合子のほうが、海千山千のベテランなのかも……。

深い霧の中に置き去りにされた気がして、日岡はがっくりと膝《ひざ》をついた。

嵯峨のスパイではないかと一度は疑った瀬島を、なぜ信じてしまったのか。だが人の好《よ》さそうな風貌《ふうぼう》と、虚実織り交ぜた瀬島の話は、日岡がころりと騙《だま》されるほど信憑《しんぴょう》性《せい》があった。

——政治犯に比べりゃ、極道なんざ可愛いもんじゃ。

瀬島は、しみじみと言ったものだ。

——厄介なんは、正義面して悪さしよる奴らよ……己は正しいと思い込んでしもうとるけえ、まー、始末に負えんわい。

正義面して悪さしよる奴、というのが日岡自身だったとは……。

大上は、暴力団ではなく警察をより畏《おそ》れていた。上層部の弱みを握っていたのは、警察官という任務を解かれることを恐れていたからだ。

それゆえに大上は慎重で、最初から日岡が嵯峨のスパイだと見抜いていた。

人生経験の差か、大上に比べて日岡は人を見る目が甘かったのだ。そしてそれ以上に、瀬島と百合子が優秀な公安警察官なのだろう。

日岡だけが、気づいていなかった。危ない綱渡りどころか、自分が四方八方に埋め込まれた地雷原の中を歩いているということを。

県警本部の一室で、嵯峨は公安部がまとめた資料を読みながら、マイクロカセットレコーダーが再生する音声を聞いていた。

『ほんじゃあ、五十子の殺しは、あんたが一之瀬と？』

『あん時は、そうする以外に収める方法がのうて……』

ファイルの中には、上林に送られた写真と同じ、日岡がチンタや溝口らと密会している盗撮写真が何枚も挟んである。

『呉原の政財界の要人が集まる「やっちゃれ会」に五十子が来るゆう情報を得たわしは、尾谷組の一之瀬に連絡したんです』

『尾谷組の一之瀬……』

『ええ。尾谷組は当時、大上さんの説得も聞かずに広島仁正会と抗争状態にありました――』

さすが公安、完璧《かんぺき》な仕事ぶりだ。これでやっと、枕を高くして寝られる。

嵯峨は椅子の背にもたれ、ふーっと息を吐いた。

＊

通夜の席には、真緒だけがポツンと座っていた。

チンタの写真を一枚一枚、アルバムに整理しているようだった。

日岡の気配に気づいた真緒が、化粧っ気のない顔を上げた。

「……敷居またぐな言うたじゃろう」

泣き腫《は》らした目をしていた。声にも力がない。

「……線香だけ、上げさせてくれんか」

「出ていけや……」

そう言われたが、日岡は中に入っていった。

祭壇に飾られた遺影のチンタは、少し照れくさそうに笑っている。

その横の『亡弟學生孫章勳神位』という戒名は、なんだか妙に真面目くさっていてチンタと結びつかなかった。

司法解剖の終わった遺体は、供花《くげ》で埋めつくされていた。

頭と首に巻いた包帯と両目を覆った小さい布が、痛々しいほどに白い。

日岡は、くずおれるように座り込んだ。

「……これ、あんたが手伝《てつど》うたんじゃろ？」

真緒の手に、よれよれになったチンタのパスポートが握られている。

「こんアホが書類揃えられるはずがないんよ……こんなん餌にスパイやらしとったん？　お国の仕事が聞いて呆《あき》れるわ！」

語気が強くなる。

返す言葉もなかった。

「日本でもチンピラしかできんような人間が、言葉もできん国で、どがぁに生きていくんよ」

「……向こうに、母ちゃんがおるって」

「お母ちゃんが韓国に？」

真緒は嘲笑《あざわら》うように言った。

「アホらし、そんなわけなぁじゃろ……穀潰《ごくつぶ》しのチンピラと駆け落ちしたんじゃけえ、今頃どっかの風俗で働いとるんが関の山じゃ」

チンタの小さな嘘が、日岡の胸を締めつけた。

それでも、チンタは夢見ていたのだ。あのパスポートは、現実にはどうにもならない人生を送るチンタの、たったひと筋の希望だった。

「こがいなもんのために……ほんまにどんだけアホなん、この子！」

真緒はパスポートを棺《ひつぎ》に投げ入れ、嗚咽《おえつ》を漏らし始めた。

堪《たま》らず日岡は、真緒の肩に手を伸ばした。

「触らんでや！」

手を振り払われる。

「嫌じゃ」

また手を伸ばす。

「離して！　触らんでやっ！」

真緒に押されて尻餅《しりもち》をつく。

「……嫌じゃ！　嫌じゃ！」

日岡は、後ろからしがみつくように真緒を抱きしめた。

「なんでこんなことするん？　警察はそんなに偉いん⁉……どんだけ苦しめりゃええ

んよ!」

泣きながら詰《なじ》る真緒を、日岡は離さなかった。いや、離せなかった。

「……わしゃあもう警察じゃなあ!……犬じゃ、犬に成り下がってしもうた……わしが……チンタを殺してしもうた!」

日岡の目に涙が滲《にじ》む。己の慢心につけ込まれ、いいように踊らされて、取り返しのつかない過ちをしでかした。後悔も自責も、日岡にはする権利さえない。

「わしが、チンタを殺してしもうた……わしが……チンタ! チンタぁ!」

体を震わせて慟哭《どうこく》する真緒を抱きしめながら、日岡はチンタの名を呼び続けた。


トレードマークのサングラスとハンチングをかぶった高坂が、煙草を吸いながら新聞社を出てきた。

駐車場に停めた車の運転席に乗り込み、ルームミラーを調整しようとした高坂は、文字通り跳び上がった。

「わあっ!」

後部座席に、日岡が座っていた。

「どうしておるんじゃわりゃ！」

日岡は答えず、前の座席に身を乗り出した。

「わしゃのう、戦争しよう思うちょるんじゃ……記事にしてくれんかのう」

「戦争じゃあ？」

高坂はニヤリとして、日岡の肩に手を回した。

「……相手は誰じゃ？　上林か？　それとも県警か？」


平成三年十月十三日、日曜日。

安芸新聞の朝刊一面に、神原千晶の写真と共に大スクープの大見出しが躍った。

『パールエンタープライズ　上林社長が関与か　ピアノ講師殺害の容疑』

『広島県警が容疑者隠蔽《いんぺい》か』

記事中には、「上層部から指示があった」という小見出しの内部告発が記されていた。

県警に激震が走ったのは、言うまでもない。

爆弾を落とした張本人である日岡は、真緒の家にじっと身を潜めていた。

今頃、捜査責任者の嵯峨は追い込まれているだろう。血眼になって日岡を捜しているはずだ。

さて、県警《テキ》はどう出るか――。

カーテンを閉め切っていた縁側の戸が開き、使いを頼んでいた孝一が顔を出した。

「ひーさん、煙草」

次の瞬間、刑事たちが家の中に雪崩れ込んできた。

「日岡、動くな！」

椅子を蹴《け》って逃げる。

想定外に県警の動きが早い。それほど嵯峨が焦っているということだ。

「待て！」

別の戸から外に飛び出すと、中神たちが待ち構えていた。

「おまえ、なにやったかわかっとんのかあ！」

「観念せえや！」

多勢に無勢で、日岡はあっという間に組み伏せられてしまった。

これ以上、事が大きくなれば、累は広島仁正会にも及ぶ。

上林を野放しにしておけなくなった綿船は、自ら五十子会本部に足を運んでいた。

「とにかく、若い衆二、三人、見つくろって出頭させりゃあええじゃない」

上林は上半身裸になり、彫り師に背を向け墨を入れさせているところだ。

「県警と新聞は、わしと吉田が収めるんじゃけえ」

吉田が新聞を手に、小刻みにうなずく。

金はかかるが、仕方あるまい。

「のう上林……わしゃの、こんなが広島仁正会の後継者じゃぁ見込んで言うとるんで？」

猫なで声で懐柔しようとするが、上林はにこりともしない。

「ゆくゆくは広島のトップに立とういう人間なんじゃ！　ほいじゃけ、今はこらえてくれ、頼むわ！」

綿船は、上林の前に座って頭を下げることさえした。

「あ？」

返ってきたのは、剣呑《けんのん》な視線だ。

「あんたがわしをどう思おうが知るかいや。わしゃおどれの汚いケツ追い回す気は毛頭ないわい！」

綿船の顔が怒りで朱に染まる。

「わりゃ……広島仁正会ぶち壊す気かいやぁ！」

「ほうじゃ。なんもかんもぶっ壊れりゃええんじゃ！」

毒蛇のような三白眼で、事もなげに言い放つ。

「……くっ」

手に負えないことを悟った綿船は、歯ぎしりしながら帰っていった。

彫り師は終始無表情で、己の仕事だけに集中している。

無言で宙を睨《にら》みつける上林を、紋付き袴姿《はかますがた》の五十子の等身大の写真が後ろから見下ろしていた。

最後に『不惜《ふしやく》身命』の文字が刻まれ、背中の毘沙門天が完成した。

身命を惜しまず――上林が命を捧《ささ》げるのは、どうしようもないゴロツキの自分を拾って子にしてくれた、五十子正平ただひとりだ。

「オヤジ。どうやら日岡いうデカは、謹慎食ろうて軟禁されとるそうですわ」

佐伯が来て、毘沙門天に向かい報告する。

「どがぁします？」

血のように赤いシャツを羽織って、上林は振り返った。

「どがぁもこがぁもあるかいや。襲撃の準備せえ」

ドスを利かせて命じる。佐伯がニヤリとした。

「尾谷を、ぶち回しちゃりますか？」

「ほうなりゃあ謹慎じゃ言うとらりゃせんじゃろ」

尾谷組をエサに日岡をおびき出して、頭から食らうのだ。

上林は、飢えた獣のように目をぎらつかせた。

五十子会本部の表には、幌《ほろ》のついた中古のダンプカーが一台と、二台の乗用車が用意されていた。

「お父ちゃんすぐに帰ってくるけえ、ちぃと待っちょれよ」

佐伯はどうやら、犬と親子の縁を結んだようだ。

門の手前でシーズーを撫《な》でている舎弟頭を、上林が気合いを入れるようにバシッと叩《たた》いていく。

組員たちが、上林の前に集まった。

「チャカよこせ」

戸倉から銃を受け取り、スライドを後ろに引いて一発目をセットすると、上林は組員たちを一瞥《いちべつ》してダンプに向かった。

そのとき、女の金切り声と共に一台のタクシーが滑り込んできた。

「ソンホ！　待ちんさい！」

　タクシーから降りてきたのは、環だ。

「会長から電話もろうたんよ。せっかくあんたを後継者じゃ言うてくれとんのに、どういうつもりなん？」

　手詰まりになった綿船が、環に泣きついたらしい。

「こがいなこと、お父ちゃんが生きとったら許されん！」

　凄《すご》い剣幕で近づいてきて、上林の頰を引《ひ》っ叩《ぱた》く。

　――このメス犬が。

　上林は躊躇《ちゅうちょ》なく環の心臓に銃弾をぶち込んだ。

「……たいぎいんじゃ、わりゃあ！」

　佐伯の犬のように、尻尾《しっぽ》を振る相手を間違えなければもう少し長生きできたものを。

　環の血《ち》飛沫《しぶき》を浴びたタクシーが、急発進して走り去った。すぐにも警察が駆けつけてくるだろう。

　新参の組員のひとりが、怖気《おじけ》づいて逃げ出した。

「おい、どこ行くんじゃ、わりゃあ！」

戸倉が怒鳴る。

上林の撃った弾が命中し、足を引きずりながら逃げていく。

だが、これ以上雑魚《ざこ》一匹に時間を割いている暇はない。

上林は、くわえ煙草でダンプカーに乗り込んだ。

「行くど！」

「へい！」

ダンプが出発する。

その後ろから、吉田が姿を現した。隠れてこっそり覗《のぞ》き見していたのだ。

吉田は動転しておろおろしていたが、車が見えなくなるとようやく携帯を取り出し、迷わず三桁《けた》の電話番号を押した。

テレビの野球中継が始まった。

広島市民球場での阪神《はんしん》戦。広島東洋カープはマジック1としてダブルヘッダー第一試合に惜敗し、二試合目が行われていた。

カープの先発は、入団二年目の佐々岡《ささおか》。今季防御率トップの若きエースだ。

日岡は手錠をはめられ、広島県警の刑事課に拘留されていた。

「ほんまに、こがぁなガセようも書かせたもんじゃ！」

怒りが治まらないようで、中神が日岡のそばのテーブルに新聞を叩きつける。

「わりゃ身内売って恥ずかしゅうないんか」

日岡は、うつむいたまま黙りこくっている。逮捕時は暴れたものの、ここへ来てからは観念したようにおとなしい。

そこへ、中神の部下の森下《もりした》が駆け込んできた。

「中神さん」

「なんじゃ」

森下に耳打ちされた中神は、顔色を変えた。

「……上林組がカチ込み？」

「今、通報があったそうです」

「わかった、とりあえず呉原東署に連絡して相談せぇや」

「はい」

森下が去ると、中神は忌々しそうに日岡を振り返った。

「くっそ……なんもかんもわやくちゃじゃ！　いったい誰のせえでこがぁなことにな

ったんかのう！」

五年ぶりのセ・リーグ優勝がかかった大一番とあって、鯉党の刑事たちはテレビの前に釘付《くぎづ》けになっている。

日岡は黙って椅子から立ち上がった。

「どこ行くんなら」

中神が訊《き》く。

「……お茶もろうてもええですか」

「勝手にせえや！」

吐き捨てるように言い、自分の席でお茶をすすりながら、ぶつくさ文句を垂れる。

「だいたい、こんなんが事実ならのう、何人幹部の首が飛ぶか……」

中神は、絶対に日岡から目を離すなと嵯峨に厳命されていた。だが、ここは三階で刑事もわんさかいる。逃げようにも逃げられるものではないと、高を括《くく》っていた。

赤ヘル打線が火を噴いたか、テレビの歓声がひと際大きくなった。

日岡は機を逃さなかった。瞬時に中神の背後を取り、手錠の鎖で首を絞め上げる。

中神が呻《うめ》きながら、背負い投げで日岡をテーブルに引っくり返した。

むせている中神を、日岡が起き上がりざま殴りつける。

ほかの刑事たちが、やっと乱闘に気づいた。

「おい日岡、やめ！」

戻ってきた森下を突き飛ばし、うずくまっている中神の腰から拳銃《けんじゅう》を奪う。

「なにやっとんじゃわれ！」

後ろから飛びかかってきた刑事を蹴《け》り飛ばすと、ほかの刑事たちに銃口を向けながらじりじりと後退《あとじさ》る。

道はひとつしかない。

日岡は身を翻すと、開け放っていた窓から一思いに飛び降りた。

真下に駐車してあったパトカーの上に背中から落下する。

「ぐはっ……」

激痛が走った。だが拳銃は、手錠で繋《つな》がれた手にしっかりと握り締めている。

「お、おどりゃ死ぬ気かっ！」

「誰か捕まえぇ！」

三階の窓から、中神たちが叫んだ。

歯を食いしばって地面に降り立つ。

「おいこらぁ！　なにしよんじゃあ！」

走ってきた警察官を殴りつけ、パトカーの運転席に乗り込んでエンジンをかけると、思いきりアクセルを踏み込んだ。

タイヤが悲鳴をあげる。県警を走り抜け、日岡は猛スピードで尾谷組の事務所へ向かった。

胸が痛み、ふいに咳《せ》き込んで口から血が滴り落ちる。落下したとき、肋骨《ろっこつ》を折ったのかもしれない。しかし、そんなことに構っていられなかった。

腕で血を拭《ぬぐ》うと、日岡は前方を睨《にら》んでハンドルを握り締めた。

上林の運転するダンプカーを先頭に、上林組の車が呉原市内の道路を疾駆する。

大通りを曲がると、正面に尾谷組の事務所が見えた。

「外道どもがぁ！　おらああああ！」

上林が雄《お》叫《たけ》びをあげながらアクセルを踏み込む。

ダンプは駐車場のパイプシャッターを破壊して、ビルに突っ込んでいった。

「……ふぅーっ」

車を停めて息を吐く。上林は助手席の佐伯と顔を見合わせて笑うと、外に出た。

後続の二台も到着し、組員たちがいっせいに降りてくる。

上林が佐伯に火をつけさせて一服する間に、戸倉ら若衆が尾谷組に乗り込んでいく。

「なにしよんじゃあ！」

中から出てきた尾谷組の組員たちを、戸倉が次々と銃で仕留めた。

芝居の幕開けだ。

上林は一歩下がって、路上で高みの見物を決め込む。

「死ね、わりゃあ！」

駐車場脇の階段から、若衆を従えた花田が銃を手に飛び出してきた。立て続けに銃が火を噴く。

上林をかばい、佐伯が太ももに被弾して倒れた。

武装した尾谷組の組員が、続々と事務所のビルから吐き出されてくる。

尾谷組と上林組入り乱れての戦闘状態になった。

ものの数分で、すでに双方とも数人の死亡者が出ている。

上林は殺し合いを眺めながら、つまらなそうに道に痰《たん》を吐いた。

「花田、死ねやあ！」

真緒の店で悶着《もんちゃく》のあった戸倉が、花田に引き金を引いた。

一発目を外し、弾切れで返り討ちに遭う。

その花田を、佐伯が上半身を起こしながら撃った。

「上林ぃー！」

組長代行の天木が出てきて上林に狙いを定めたが、弾はかすかに逸《そ》れた。

上林が煙草を投げ捨て、腹に挟んでいた銃を引き抜いたときだ。

一台のパトカーが、横から突っ込んできた。

ヤクザを蹴散《けち》らすように走り抜け、道の先で停まる。

その窓から顔を出した日岡を見て、上林がニヤリと笑った。

「……日岡！　死ねやー！」

気づいた花田が、撃たれた腹を押さえながら日岡に銃を向ける。

引き金を引く前に、上林の銃が花田の頭を撃ち抜いた。

上林は嬉《うれ》しそうに舌なめずりすると、戸倉が運転してきた車に乗り込み、天木の銃撃をかわして日岡のパトカーの横を走り抜けた。

すぐさま日岡のパトカーが追う。

二台の車が、夜の幹線道路をもの凄《すご》いスピードで疾走していく。

トンネルの中で、日岡のパトカーが上林の車に追いついた。

並走しながら、互いの目が合う。

上林はサングラスを外すと、日岡に銃を向けた。

銃声が轟《とどろ》く。

日岡もまた、中神から奪った銃で撃ち返す。

道路上の銃撃戦が続く。

「うおおお！」

日岡が急ハンドルを切った。車がぶつかり火花が散る。

上林もやり返してくる。

このままでは、誰かを巻き添えにしてしまうかもしれない。

日岡は息を吐くと、ギアをトップに上げ上林の車を追い抜いた。

誘導するように、港湾地区にパトカーを乗り入れる。

上林もスピードを上げてついてくる。

幸い、出入り口のフェンスは開いていた。

サイドブレーキを引いて車体をドリフトさせ横向きに停車すると、間髪いれずダッシュボードの銃を掴《つか》み、走ってくる上林の車に向かって立て続けに発砲した。

一発が上林の肩に命中する。

上林は口角を上げた。自分の銃を助手席に放り捨て、スピードを緩めず突っ込んでくる。

パトカーのフロントに激突した上林の車が横転し、仰向《あおむ》けになって滑っていく。

日岡は衝撃でふらふらになりながら、銃を手にパトカーを降りた。

込み上げてきた血を地面に吐き捨て、火の手が上がっている上林の車に近づいていく。

車の傍らに四つ這《ば》いになって、運転席を覗《のぞ》き込んだ。だが上林の姿は、車内のどこにもない。

ハッと顔を上げる。

血だらけの上林が、背中の毘沙門天さながらに日本刀で斬りかかってきた。

「おらああ！」

脇腹を斬りつけられて倒れ、銃が手から転がり落ちた。

振り下ろされた日本刀を、とっさに手錠の鎖で受ける。

すかさず上林が刀を立てた。

「ぐっ！」

切先が喉元《のどもと》を貫く寸前、かろうじて刀を手で挟んで止める。しかし、後がない。

上林が笑みを浮かべ、じわじわと力を込める。

「……わしゃのう、わしゃ簡単にゃぁ死ねんのよ……ガキの頃に死神が取り憑《つ》いたけえ」

呪いのような言葉を跳ね返すように、日岡は渾身《こんしん》の力で刀を横に払った。

上林が体勢を立て直している隙に銃を取り、発砲する。

振り下ろそうとしていた上林の手に命中して、日本刀が飛んでいった。

倒れた上林に馬乗りになり、銃を顔に突きつける。その手を、上林が摑んだ。

「……死神いうんは厄介でのう……振り払《はろ》うても、振り払《はろ》うても、骨の髄までこびりついてしもうちょって、簡単にゃ死なしてくれんのんじゃ……」

上林は自ら銃口を額に当て、手を離して横に投げ出した。

日岡は躊躇《ちゅうちょ》などしない。カチッと銃が鳴る。弾切れだ。

「……言うたとおりじゃろ」

勝ち誇ったように言うと、上林は日岡を突き飛ばして起き上がった。体を丸めて呻《うめ》く日岡に、強烈な蹴《け》りを何発もくれる。またもや形勢逆転だ。

上林が日本刀を拾い上げ、ようやく立ち上がった日岡の横腹を斬りつけた。両手で刀の柄《つか》を握り、再び倒れた日岡の真上から振り下ろす。

間一髪、日岡は横に転がった。アスファルトを突いた日本刀の刃先が折れて飛ぶ。

隙を突いて日岡が上林に摑みかかった。そのまま素手で殴り合う。

いっこうに勝敗がつかず、ふたりとも全身血だらけだ。

やがて双方、力尽きて地面に伸びた。

先に上林が息を吹き返し、立ち上がって上着を脱ぎ捨てた。折れた刃先を拾い、破れた上着の袖《そで》で手に巻きつけると、日岡に襲いかかっていく。

日岡はとっさに腕で止めた。唸《うな》り声をあげながら力が激しくせめぎ合う。

そこへ、パトカーのサイレンが聞こえてきた。

上林の血まみれの口がニヤッと笑う。

「……われにも死神が憑いとるんかのう」

「アホ……死神なんぞ、おらんわい」

言うなり上林を突き飛ばし、刃先を巻きつけた手を摑んで上林の腹に向けた。

荒い息を吐き、血の混じった汗と涎《よだれ》にまみれながら、額を突き合わせて睨《にら》み合う。

「わしらが生きながらえとるんはのう、警察に利用されとったけえじゃ……そんだけの話じゃ」

日岡は血走った目を見開くと、ありったけの力を込めた。

刃先がずぶずぶと上林の腹にめり込んでいく。

血に染まった上林の顔は、笑っているのか、痛みを堪えているのか、判然としない。

刃が上林の腹を裂き、血が滴り落ちる。

上林が最後の力を振り絞り、日岡の顔を摑んで横に引き倒した。

その時、ふたりが転がっているそばに覆面パトカーが走り込んできた。

「待ってくれや……！」

這って逃げる日岡の足に、上林が匍匐《ほふく》しながら刃先を突き立てる。

日岡は悲鳴をあげた。

「おいおい、なにやってんだてめぇらは！」

覆面パトカーから嵯峨が飛び出てきて、上林を蹴り飛ばした。

中神や森下も車を降りてきたが、目の前の惨状にあ然として突っ立っている。

「おい！　早く連れてけ！」

嵯峨に怒鳴りつけられ、ふたりは慌てて上林に駆け寄った。

上林の手から血まみれの布をほどいた森下が、ぎゃっと短く叫んだ。

「ゆ……指……！」

親指が根元から無くなっている。日岡の撃った銃弾に吹き飛ばされたのだ。

「いいから行けよ！」

苛《いら》ついた嵯峨が、再び怒声を発した。

中神と森下が、両脇から上林を抱えて連れていく。

嵯峨は日岡の胸倉を掴み上げた。

「てめえどんだけ手間かけさせんだよ、おいこら！　もうあれだ、こうなったら留置場にでもぶち込んで」

日岡は無視して、上林に「おい」と声をかけた。

車の手前で、上林が振り返る。

日岡は嵯峨のホルスターから銃を抜き取ると、流れるような動きで上林に向け引き金を引いた。

銃弾が上林の頭を撃ち抜く。

「ひいっ！」

中神と森下が悲鳴をあげた。

日岡は眉《まゆ》ひとつ動かさず、再び銃を構えた。

もう一発、さらにもう一発。

血飛沫《ちしぶき》と脳漿《のうしょう》が覆面パトカーに飛び散る。

くずおれた上林は片眼が潰《つぶ》れ、顔の肉が抉《えぐ》り取られていた。

「お、おめぇ！　なんで俺の銃でっ――」

顔を引き攣《つ》らせている嵯峨に、日岡が倒れかかった。

「……これで、おあいこですのう」

かすかに口角を上げ、そのまま地面に横たわる。

そこに、別のパトカーが到着した。

「なんじゃこりゃあ！」

呉原東署の刑事二課の友竹たちだ。

嵯峨はふと、自分の手を見た。いつの間にか、日岡に銃を握らされていた。

おあいこの意味に気づく。

「……なにしてんの？」

泣き笑いのような表情で言うと、嵯峨は銃を捨てて日岡に馬乗りになった。

「なにしてんだよてめー！」

無抵抗の日岡の顔に、繰り返し拳《こぶし》を叩《たた》き込む。

「死ね！　ぶっ殺してやる！　ぶっ殺してやる！」

驚いた刑事たちが、いっせいに止めに入った。

「か、管理官！　やめてつかぁさい！」

日岡は朦朧《もうろう》としながら、中空の小さな月を見つめていた。

これが、自分にできる精いっぱいのオトシマエだ。

——ひーさん、さすがじゃわ。

チンタの声が聞こえた気がして、その顔にうっすらと笑みが浮かんだ。

*

すっきりした五月《さつき》晴れの下で、村人たちが畑仕事に精を出している。

新任の巡査は、山あいの田舎道をカブでのんびりと走っていた。

「駐在さん、駐在さん」

顔見知りの——といっても、ほぼ村人全員だが——おばさんが巡査を呼び止めた。

「蛸飯《たこめし》作ったけん、食べんさい」

「あー、ありがとうございます」

畑で採れた野菜もどっさり持たされる。蛸飯はありがたく夕飯にするが、正直、大量の野菜は独り身の男の手に余る。

不精ひげの巡査——日岡は、眠そうな顔でまた走りだした。

いったん身柄を拘束された日岡はその後、県北部の駐在所にひっそりと配置転換された。広島県警は、日岡が上官の拳銃《けんじゅう》を使用して捜査対象者を殺害した事実を公表できないと判断したのだ。

警察官としての身分は保持したものの、日岡は捜査の一線から外れることになった。田んぼと畑を眺め、村人からもらった野菜を食べ、布団にくるまって眠るだけのまったく刺激のない毎日。このまま日を過ごすうち、使命感も熱い思いも薄まってしまうのではないか——そんな気さえする。

その間に、社会では大きな動きがあった。

平成四年の三月、暴力団員による不当な行為の防止等に関する法律——暴力団対策法が施行されたのである。

日本各地で暴力団追放キャンペーンが始まり、見せしめのように暴力団関係者たちが検挙されていった。

広島仁正会本部も摘発を受け、綿船は逮捕されたものの、不起訴になり釈放された。構成員六百人を抱える仁正会は指定暴力団に指定され、今も存続している。綿船は会長を退いたが、あの狸のことだ、裏から広島のヤクザ社会を操るつもりだろう。

摘発の際、吉田はいち早くトンズラして行方をくらませたという。どこかの女のところにでもしけこみ、トカゲのしっぽのようなしぶとさで返り咲きを狙っているに違いない。

その日、駐在所に戻った日岡は、夕刊を開いて目を疑った。

『刑事が車に轢《ひ》かれて死亡』という見出しの横に、瀬島の写真が載っている。

警部補という階級は同じだが、瀬島は偽名で本名が『高木《たかぎ》勇二《ゆうじ》』だということを、日岡は初めて知った。

トラック運転手の容疑者は、急に男性が飛び出してきて、どうにもならなかったと語っている。男性は驚いた表情をしていて、まるで誰かに突き飛ばされたような感じだったという。

事故があった時間帯は、まだ明るいうちで人通りも多かったことから、警察は何者かが故意に瀬島を突き飛ばした可能性もあるとして、目撃者を探していると書いてある。

新聞によると、瀬島は雀《ジャン》荘からの帰りだったらしい。

「ロン！」

鳴いたのは瀬島だ。

「まーたダマテンかい、リーチくらいかけぇや。しょぼいのう」

「勝ちゃあええでしょうが勝ちゃぁ」

瀬島は大好きな焼酎《しょうちゅう》を飲みながら三、四半荘《ハンチャン》ほど打ち、いい気分で雀荘を出て、近くの通りを歩いていた。

有能な公安刑事である瀬島は、ふと背後に気配を感じて振り返った。

鋭い目で周囲を探ったが、人影はない。気のせいだったかとまた歩きだす。

ところが大通りに出たとたん、瀬島はいきなり誰かに背中を押された。

それほど強い力だったわけではない。だが、調子づいて昼酒を過ごしてしまった。

よろけて道路に飛び出した瀬島は、走ってきたトラックに撥《は》ね飛ばされた。

大きな衝突音がして、周囲が大騒ぎになる。

集まった野次馬たちの中に、サングラスをかけた華奢《きゃしゃ》な茶髪の女がいた。

その女は、さりげなく事故現場を離れた。

歩きながらサングラスを外した女の顔には、復讐《ふくしゅう》を遂げた昏《くら》い喜びと、愛する者を失った深い喪失感が浮かんでいた——。

「駐在さん、聞いとるんかいのう？」

三好《みよし》のじいさんの声で、日岡はハッと我に返った。

「――狼？」

話を聞きながら蛸飯と目玉焼き、残り物の総菜をたいらげると、日岡は煙草に火をつけた。

銘柄は、相変わらずハイライトだ。

「うちの孫が山で見たらしいんよ」

「アホ言わんでください、ニホンオオカミは大昔に絶滅しとるでしょうが」

夕飯時に孫連れで何の用かと思えば、子供の言うことを真に受け、大慌てでやってきたらしい。

「ほんでも、見た言うて聞かんのじゃ。のう？」

「うん」

少年が小声でうなずく。

「家畜小屋も近いし、念のために消防出すんで、駐在さんも来てくれんかのう」

やれやれ……日岡は煙草の煙を吐き出すと、ジッポーの狼に目をやった。

僻地《へきち》に追いやられて無為に過ごしていると思っていたが、明日《あした》は朝から一日中、いもしない動物を捜す羽目になりそうだ。

翌日の朝、日岡は、消防団の法被を着た村人たちと一緒に山に入った。

「ほいじゃあ皆さん、気をつけていきましょう！」

「おう！」

三十名ほどの男たちが、木々に覆われた道を進んでいく。

日岡も仕方なく後に続いた。

裏山程度に高を括《くく》っていたが、少し足を踏み入れると昼なお暗い森のようで、皆と一緒でなければ方向感覚を失ってしまいそうだ。

消防団員たちは慣れた様子で軽快に登っていくが、日岡はせめて転ばないよう慎重に足を運ぶ。これなら靴底をすり減らしてヤクザを取り締まっているほうが、よほどラクかもしれない。

ゆっくりと歩いていた日岡は、途中でふと足を止めた。

上のほうで、何か動いた気がしたのだ。

なぜひとりで列を離れたのか、自分でもわからない。

日岡は、苦労しながら急な傾斜を登った。油断すると滑りそうになる。そばにあった木を摑《つか》んで帽子を脱ぐと、袖《そで》で汗を拭《ぬぐ》った。

その時、鬱蒼《うっそう》とした暗がりでかすかな物音がした。

急いでそっちに向かった日岡は、足が釘付《くぎづ》けになったように固まった。

雑木林の奥の、紙垂《しで》を垂らした大石のそばに、ジッポーの狼に似た動物がいる。

——まさか。

日岡は動悸《どうき》を覚えながら、その動物を凝視した。

大きさは中型の日本犬ほど。耳が短く、尾の先が丸い。念のために調べてきたニホンオオカミの特徴と一致する。

犬と決定的に違うのは、その金色に輝く眼だ。

射貫《いぬ》くような金眼で、立ち尽くした日岡をねめつけるように見つめている。

——みんなを呼ばなければ。

日岡は慌てて笛を出そうとしたが、もう一度視線を戻すと、狼の姿は忽然《こつぜん》と消えていた。

——待ってくれ。

草木に足を取られ、転びながら必死に狼を捜す。

しかし、まるで幻だったかのように、どこにも狼の姿はない。

「……どこじゃ……どこぞに逃げたんじゃ……」

渇望に似た思いに衝《つ》き動かされ、我を忘れて進んでいく。

息が切れ、汗が頬を滴り落ちる。顔は泥だらけだ。

それでも日岡は、必死に狼の行方を追った。

まるで何かに縋《すが》るかのように、日岡は森の奥深くへと踏み分けていった。

本書は、映画「孤狼の血　LEVEL2」の脚本をもとに書き下ろしたノベライズです。

小説《しょうせつ》

# 孤《こ》狼《ろう》の血《ち》 LEVEL《レベル》2

原作／柚《ゆ》月《づき》裕《ゆう》子《こ》
映画脚本／池《いけ》上《がみ》純《じゅん》哉《や》
ノベライズ／豊《とよ》田《だ》美《み》加《か》

令和３年 ６月25日　初版発行

発行者●堀内大示

発行●株式会社KADOKAWA
〒102-8177　東京都千代田区富士見2-13-3
電話　0570-002-301（ナビダイヤル）

角川文庫 22702

印刷所●株式会社暁印刷
製本所●株式会社ビルディング・ブックセンター

表紙画●和田三造


ISBN 978-4-04-111331-8　C0193

◇◇◇

# 角川文庫発刊に際して

角川源義

第二次世界大戦の敗北は、軍事力の敗北であった以上に、私たちの若い文化力の敗退であった。私たちの文化が戦争に対して如何に無力であり、単なるあだ花に過ぎなかったかを、私たちは身を以て体験し痛感した。西洋近代文化の摂取にとって、明治以後八十年の歳月は決して短かすぎたとは言えない。にもかかわらず、近代文化の伝統を確立し、自由な批判と柔軟な良識に富む文化層として自らを形成することに私たちは失敗して来た。そしてこれは、各層への文化の普及滲透を任務とする出版人の責任でもあった。

一九四五年以来、私たちは再び振出しに戻り、第一歩から踏み出すことを余儀なくされた。これは大きな不幸ではあるが、反面、これまでの混沌・未熟・歪曲の中にあった我が国の文化に秩序と確たる基礎を齎らすためには絶好の機会でもある。角川書店は、このような祖国の文化的危機にあたり、微力をも顧みず再建の礎石たるべき抱負と決意とをもって出発したが、ここに創立以来の念願を果すべく角川文庫を発刊する。これまで刊行されたあらゆる全集叢書文庫類の長所と短所とを検討し、古今東西の不朽の典籍を、良心的編集のもとに、廉価に、そして書架にふさわしい美本として、多くのひとびとに提供しようとする。しかし私たちは徒らに百科全書的な知識のジレッタントを作ることを目的とせず、あくまで祖国の文化に秩序と再建への道を示し、この文庫を角川書店の栄ある事業として、今後永久に継続発展せしめ、学芸と教養との殿堂として大成せんことを期したい。多くの読書子の愛情ある忠言と支持とによって、この希望と抱負とを完遂せしめられんことを願う。

一九四九年五月三日